SHANGHAI LITERATURE & ART PUBLISHING GROUP

故事会
精品系列

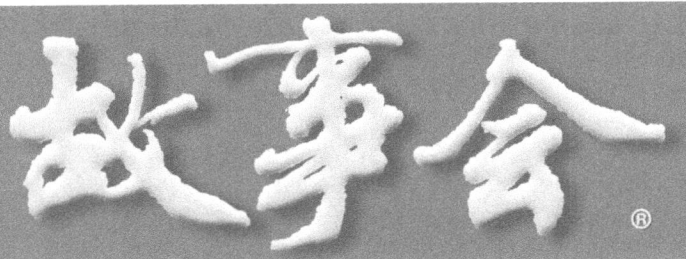

哲理故事

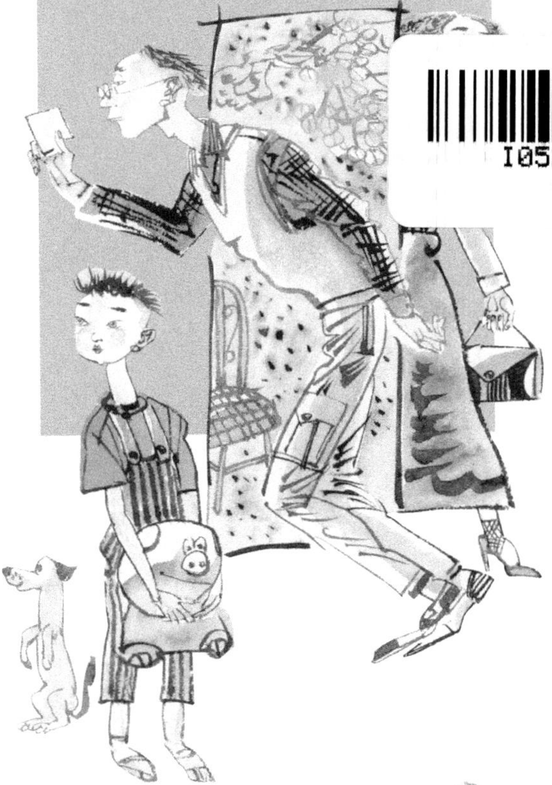

上海锦绣文章出版社
上海故事会文化传媒有限公司

上海文艺出版（集团）有限公司

图书在版编目（CIP）数据

哲理故事 《故事会》编辑部编 - 上海：上海锦绣文章出版社
（故事会精品系列） ISBN 978-7-5321-1733-8
Ⅰ．①哲…Ⅱ．①故…Ⅲ．①故事 作品集 中国 当代 Ⅳ．I247.8
中国版本图书馆 CIP 数据核字 (2003) 第 012186 号

丛 书 名：故事会精品系列

书 名：哲理故事

主 编：何承伟

编 委：何承伟 吴 伦 姚自豪 夏一鸣

责任编辑：刘迎曦 鲍 放

装帧设计：王 伟

责任督印：张 凯

出 版： 上海锦绣文章出版社

上海故事会文化传媒有限公司

POD 海外发行： 中国图书进出口上海公司

电话：021-36357888

传真：021-36357896

地址：上海市虹口区广中路 88 号

邮编：200083

海外 POD 发行版本

目　　录

两 难 选 择

选择不可能尽善尽美,难免遗憾
或痛苦,可它是人生宝贵的财富。

希腊老师的辩术

有一天,两个学生去请教他们的希腊老师。问道:"老师,究竟什么叫诡辩呢?"

老师望望两个学生,想了一会,说:"有两个人到我这里做客,一个很爱干净,一个很脏。我请两个人洗澡,你们想想,他们两人中谁会洗呢?"

学生脱口而出:"那不用说,当然是那个脏的。"

老师连连摇头说:"不对,是干净的去洗,因为他养成了爱清洁的习惯;而脏人却不当一回事,根本不想洗。你们再想想看,是谁洗澡了呢?"

学生连忙改口:"爱干净的!"

"不对,是脏人,因为他需要洗澡。"老师反驳后再次问学生,

"这么看来,是谁洗澡了呢?"

"脏人!"学生只好又改回开始的答案。

"又错了,当然是两个都洗了。"老师说,"干净的有洗澡的习惯,脏人有洗澡的必要。怎么样,到底谁洗了呢?"

学生眨巴着眼睛,犹豫不决地说:"那看来就是两人都洗了。"

"又错了。"老师笑道,"两个都没有洗。因为脏人不爱洗澡,而干净人不需要洗澡。"

"那……老师,你好像每次说得都有道理,可每次的答案都不一样,我们该怎么理解呢?"

"这很简单。你们看,这就是诡辩。"

(何金玉)

哲学先生评曰:

希腊老师对"谁去洗"的问题有两种回答的方法,一是让"需要洗"的人去洗,一是让"有洗的习惯"者去洗。于是,对同一个问题的任何一种回答,他都可以任意地肯定或否定。这确是一种典型的诡辩术。所以我们在讨论哲学问题或其他理论问题时,就要注意命题、论证和论据是否都处于同一个平面,是否都针对了同一个焦点。不然,看似讨论得热闹,其实永远不会有真正的结论或进展。

大胡子

　　有一个老人,非常喜欢留大胡子,花白的胡子足有一尺长。

　　有一天,老人在门口溜达,邻居家五岁的小孩子问他:"老爷爷,你这么长的胡子,晚上睡觉的时候,是把它放在被子里面呢还是放在被子外面?"

　　老人竟一时答不上来。

　　晚上睡觉的时候,老人突然想起小孩子问他的话。他先把胡子放在被子外面,感觉很不舒服;又把胡子拿到被子里面,仍然觉得很难受。

　　就这样,老人一会儿把胡子拿出来,一会儿又把胡子放进去,整整一个晚上,他始终想不出来自己过去睡觉的时候,胡子是怎么放的。

第二天天刚亮,老人去敲邻居家的门。

正好是小孩子来开门,老人生气地说:"都怪你这小孩,让我一晚上没睡成觉!"

(高山林)

哲学先生评曰:

哲学是一种理论,搞哲学的人总希望别人注重理论,也希望自己对万事万物都能作出理论的解释。其实这非但不可能,也几乎是没必要的。理论在有些复杂的问题上是不可少的,但在更多的时候,常识却是比理论更有用、也更可靠的东西。故事中的老人从不想他的大胡子夜间如何安置的问题,一切顺其自然,所凭借者,常识和习惯而已;一旦要用理性的方式来解决这一问题,他竟弄得难以安寝了。这当然是夸张,但对于过分强调理论而又看轻常识的理论家,则无疑是一个善意的嘲弄。

鉴赏家的选择

宋朝庆历年间,东京汴梁有家书画苑,叫"听石斋"。听石斋的老板"听石先生"是个书画鉴赏权威,书画在他面前一过,优劣真伪立时显现。所以能够在听石斋立足的书画,立时声名鹊起,身价百倍。

书画是给人看的,可是听石先生却是个瞎子,瞎子如何鉴赏字画呢?

靠用鼻子嗅!听石先生有种独特的嗅觉,好书画闻起来清香扑鼻,使人心旷神怡;差的书画闻起来恶臭刺鼻。听石先生每天白开水一杯,凭鼻子买进卖出,生意很是兴隆。

这天,听石先生刚开门,一个书生夹了个卷轴进来。此人叫周润碧,在书画圈小有名气,平日里,富人借他装点门面,他靠富人装满腰包。

伙计见是熟人，赶紧招呼道："周先生，又有大作？"

周润碧笑笑说："有，却不是我的。我受朋友之托，请先生鉴赏一幅画。"说着，展开卷轴。

听石先生坐定，他刚想用鼻鉴赏，忽闻一股奇臭，赶忙捂着鼻子摆手不迭。周润碧的脸立刻红了，知趣地把画卷起来，放在门外，同时，伙计把窗户都打开了。

听石先生好半天才缓过气来，埋怨道："润碧先生怎么开这种玩笑？"

周润碧赶紧解释道："对不住，我也是不得已呀。汴梁巨富钱家三公子，是个书画爱好者，成名心切，想请先生美言几句。"听石先生连忙作揖："您饶了我吧，别把我的牌子给砸了。"

周润碧从袖子里取出一包银子，朝柜台上一放，苦苦求道："那么借宝店一隅，挂这幅画总可以吧？钱公子愿多出些钱。"

听石先生见对方纠缠不清，就来了气，干脆地说："行！但钱要足够多——要足够我搬家的。留这画在这儿，我走人！"

周润碧求了半天，一无所得，只得夹起卷轴走了。

第二天周润碧又来了，这回没拿卷轴，捎来了钱公子的话："三年后，我再拿画来请你鉴赏！"

听石先生心想：这种富家公子，一时兴至玩起书画，但未必真肯下苦功，过些时候就忘了。所以也没把这句话当回事。

谁知三年后的这天，还没开门呢，就听外面"哐哐"锣响，接着就有人砸门。伙计开门一看，街心停着一乘八抬大轿，两旁站立着两班衙役。衙役见伙计出来，递过一张大红拜帖，神气地吩咐道："叫你们掌柜出来！"

伙计不敢怠慢，赶紧跑到后堂，一看，一壶白开水还冒着热气，听石先生人却不见了。只见壶底压着一张字条，上面写着"交来人"，伙计只得拿了茶壶出去禀报。

壶递进轿子,半晌没有声响,伙计那个紧张啊,就听见自己的心跳得山响。终于,壶又递出来,衙役还传下话来:"我们老爷说了,三年后还来!"

一个"还"字,伙计猛地想起了三年前的钱公子。

到了晚上,听石先生回来了,伙计忙问:"您怎么知道是他?"

听石先生点点头,说:"三年前的臭味,现在三里外都闻得到了。嗬!当了五品大员就了不起了? 看来他工夫是没少下,只是没下在学书画上,而是下在买官上了。"

伙计还是觉得奇怪:"他怎么见了您的茶壶就走了?"

听石先生捋捋胡子,微笑着解释说:"茶尚温,人远遁,足见他的书画臭味远扬。五品大员还要顾及面子,所以没敢用武力强迫我说他好。"

转眼三年,又到这一天。这回伙计没忘,心说:上回是两班衙役,这回不知是什么排场。万一听石先生仍不接他的画,他恼羞成怒,不定怎么收拾咱呢。伙计一想到这,心里就一直七上八下,不得安宁。

谁知一个上午过去了,没有动静;下午过去了,仍没有动静;眼看太阳落山,要关门了,还是没见人影儿。伙计向外看看,不由松了口气,今儿是没人来了!

正在这时,一个青衣仆人抱着个卷轴走进门来。听石先生眼睛好像忽然复明了,他径直走过去,接过卷轴,然后递给那青衣仆人一千两银子,又指指自己的鼻孔,最后摆摆手。

青衣仆人似乎是看懂了,他一言未发,接过银子,转身离去。

伙计在一旁看得一头雾水,问:"这是谁呀?"听石先生紧闭着嘴,只是不住地示意伙计,赶快把卷轴拿到后面的库房里去。

伙计回来,只见听石先生正从鼻孔里取出两粒药丸,长长出了口气,说:"就这么两粒防臭丸,花去我一百两银子! 时隔六年,想不到这幅画更臭了。"

　　见这就是六年前周润碧拿来的那幅画,伙计更是惊得张大了嘴:"既是劣质卷轴,那您怎么还花一千两银子买下呢?"

　　听石先生摇摇头,说:"惹不起啊,那钱公子现在是吏部天官啦!但我仍让他的仆人看看我鼻子里的防臭丸,让钱公子知道:我瞎子眼瞎了,鼻子并没失去嗅觉,所以买下他的画,不过卖给他个面子,省得一趟一趟来熏我。再说还有一笔不小的赚头。明儿你把那幅画挂起来,非二万两不卖!我出去避避,这臭味儿就是带着防臭丸都受不了。"

　　"这臭画您不愿闻,难道就有人愿买么?两万两银子啊。"伙计还是不明白。

　　听石先生说:"这你就不明白了。画是不值这么多钱,但吏部天官的名可值两万,也许更多呢!"

　　第二天,伙计刚把那幅画挂上,周润碧就领着一群帮闲文人进来了,他们摇头晃脑地对那幅画大捧一通。一些巨商听到消息竞相前来抢购,最后竟以十六万出手。

　　听石先生自觉遗祸不浅,终身不再品画,只做防臭丸广为布施,以减轻自己的罪过。

(张东兴)

哲学先生评曰:

　　近日读一位青年学者的小册子,名曰《第三种尊严》,指的是在金钱和权力之外,还应建立另一种权威,那就是人的尊严,其中包含人格和知识的尊严。我对这一说法感佩不已。现读故事《鉴赏家的选择》,深感其与学者之言有异曲同工之妙。听石先生本想捍卫自己的这一尊严,又实在敌不过金钱和权势的压力,终于妥协,却又不甘心,于是干脆改行,多少还是保留了尊严。可见,在"天下熙熙,皆为利来;天下攘攘,皆为利往"之时,要保持"第三种尊严",真是谈何容易!但人间又怎能没有这一尊严呢?

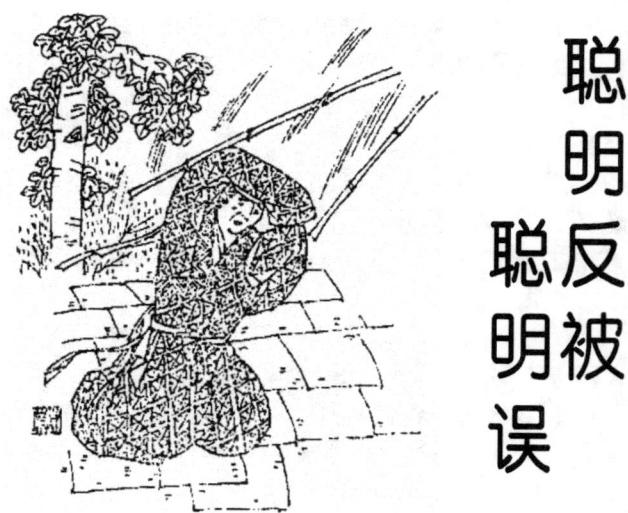

聪明反被聪明误

　　古时候有个叫邓析的读书人,特别擅长辩论,在乡里是出了名的智者,一般人若有疑难之事难以决断,都喜欢找他商量。

　　有一年夏季,暴雨连月,引起了山洪爆发。有个叫李甲的人,父亲不幸被洪水卷走,冲到下游的一处沙滩上,尸体被另一个名叫王乙的人发现。

　　这王乙家里很穷,却是个很有心计的人,他料定李甲会来寻找尸体,于是便把尸体弄回家中,等李甲来找时,他好漫天要价,勒索钱物。

　　果然,没过多久,李甲就闻讯找来了,请求王乙将父亲的尸体还给他。王乙二话没说,开口就要一百两银子,少一钱也不行。

李甲虽然家境富裕,可一百两银子也不是个小数目,实在有点舍不得。于是两人你说好、他说歹,争执不下。

李甲正急得没办法,忽然想起了聪明人邓析,大家都说邓析足智多谋,何不去找他拿个主意呢?于是就找到邓析。

邓析听了李甲的叙述后,想也不想,就说:"哎呀,你着什么急呢?尸体是你父亲的,除了你,没人会要。王乙除了把它卖给你,没办法再卖给别人。所以,你只管在家等着,到时候王乙自然会主动把尸体送上门来的。"

李甲一听有理,就心安理得地回去了。

却说王乙守着李甲父亲的尸体,满以为奇货可居,不料等了一天,连李甲的影子也没有看到,不禁也有些心急起来,因为他需要的是钱,不能老让一具尸体摆在自己家里。可这尸体除了卖给李甲,又没法卖给别人。

苦恼之际,王乙也想到了邓析,求他给出个主意。

邓析仍然不假思索,哈哈一笑,说:"你担什么心呢?尸体是你拾得的,除了你这儿,李甲没法再到别处去买。你只管等着吧,到时候李甲自然会主动再找上门来买尸体的。"

王乙一听有理,也笑眯眯地回去了。

这样,李甲、王乙都把邓析当成了好人,都按照邓析的说法,在家等着。邓析两边讨好,自以为聪明过人,得意非凡。

可是,李甲、王乙愿意等,那尸体却不愿意等啊,夏季天热,尸体很快就开始膨胀腐烂了,弄得王乙家里满屋子臭气熏天,住不得人。

那李甲听说尸体烂了,也急得六神无主。最后,还是王乙熬不住,主动来找李甲,只要十两银子,就把尸体给他。李甲也等不得了,就花十两银子把尸体买回来了。

结果,李甲买到的是腐烂的尸体,王乙只得了十两银子,两人心里都很窝火,一对质,才知都是邓析出的馊主意,于是都觉得受了蒙骗,便一齐去找邓析。

此时,邓析正在家里喝酒呢,李甲、王乙一步跨进门,不容分说,一脚踢翻了酒桌,揪住邓析,将他狠狠地揍了一顿。

(邓清波)

哲学先生评曰:

这里叙述的是一个关于选择的哲学命题。对于矛盾对立的双方来说,选择者要么选择此,要么选择彼,两者必居其一。然而邓析自恃聪明,想两方面都讨好,结果"三"败俱伤。在实际生活中,我们也经常看到这种没有原则的"骑墙派",其下场终不免以悲剧而告终。

思 维 突 破

以往的结论固然重要，
创造性思维更显可贵。

紧急呼救

　　"平静号"货轮离开苏维腊已经好几天了,它穿过北回归线,行驶在热带海域,再朝前走,就是巴西的马卡帕了。

　　航程完成大半,船长的心情很好,他一大早就站在驾驶台前,心满意足地眺望大海。忽然,一个船员满脸焦急地前来报告:"船长,不好了,我们的淡水用光了!"

　　在热带航行,没有淡水,那后果是不堪设想的。因为海里虽然有取之不尽的水,但人人都知道,海水又苦又咸又涩,是根本不能解渴的!船长一想到这就好不紧张,他立即命令船员们用各种办法向附近船只求援!

　　一天过去了,船员们望眼欲穿,可茫茫大海,始终不见海面上出现一条救命的船。又一天过去了,备受干渴的船员们几乎失去了生存下去的勇气。这时,船长从望远镜中清晰地看到地平线上出现了陆地,这是美洲大陆,亚马孙河的入海口似乎也看见了。船长刚把这一喜讯告诉船员们,这时又有人惊呼起来,他们终于看到了一条渔船。

船长赶紧命令信号员用旗语向对方紧急呼救,希望能给货轮一些救命的淡水。谁知对方的回答大大出乎船长的意外,他们说:淡水就在你们脚下!船长又急又恼,觉得自己的运气糟透了,不但要受水的折磨,而且连渔民也要借机戏谑。

这一次船员们真的渴坏了,许多人想都没想就到海中取水喝了。紧接着,越来越多的人加入了喝海水的行列。有人给船长送来一大杯,船长疑惑地看看对方,尝了一小口,就像是在尝很苦的药水,然后仰头一饮而尽,到这时,他才发现,这海里的水,确实是淡水!

原来,奔腾的亚马孙河把入海口附近几十公里的海水都冲淡了,因此,离亚马孙河入海口处很远的海域,含盐量也相对低得多,但是"平静号"轮的船员们都没想到。

(杨启康)

哲学先生评曰:

船长的思想拘泥于"海水不能解渴"这一常识,甚至在他看见亚马孙河向海洋张开的大口时,也不能越雷池一步。人的思想常常被现存的结论和自己的思维习惯所束缚,这也就是人们通常所说的"思维定势"吧。以往的结论和业已养成的思维习惯固然是人类的财富,但创造性思维却是更宝贵的财富,只有它才能使人类如鸟儿突破蛋壳,不断地迎来自己新的辉煌。

河房纠纷

　　有一富商,在集镇夹河岸旁,占用河面建了一所河房。这个富商为富不仁,平时仗势欺贫,遭到不少穷人怨恨。沈公山对他的劣迹早有所闻,有心要想治治他。

　　有一天,沈公山到乡间办事,在渡口看到一只破渔船,一位老渔民盘坐在船头修补渔网。沈公山灵机一动,跑过去跟老渔民攀谈起来。

　　攀谈中他知道老夫妇俩在河上打鱼,生活相当困苦。沈公山说:"你们这只渔船已破旧不堪,该换新的了。"

　　老渔民说:"啊呀!这怎么可能呢!我们老夫妇俩就靠捕鱼度日,糊口尚难,哪有余钱换只新船?这不是梦想吗?"

　　沈公山说:"不难,你到那富商的河房下,狠力撞断他的一根木桩,我有办法给你一只新船。"

老渔民一听非常吃惊,连连摇头说:"啊!这不是无事生非吗?滋生事端,惹下大祸已负罪不起,还能妄想换什么新船?"

沈公山说:"不用怕,你可大胆去干,有我为你撑腰。不过,我们暂且认为亲戚,到发生纠纷时,你叫我一声'大表弟',我就有办法给你们换只新船。去干吧!不要犹豫,我立等你们消息。"

老渔民本来就认识沈公山,知他是一位大名鼎鼎的讼师。心想:他出的主意,不会错,能有把握为我换只新船,他不会欺骗我们穷人。

于是,老渔民把船撑到那富商的河房下,狠力撞坏一根支撑河房的木桩,同时,他那渔船的挡浪板也被撞坏了。

祸事惹下了,撞桩响声惊动了富商。富商跑下河坂一看,渔船把他河房木桩撞坏并有折断危险,顿时怒不可遏,立即令几个店伙把渔船扣起来,把老渔民押上岸,勒令他购木料来换桩,抢修河房,否则,送官究办。

正在吵闹之际,沈公山来了。

老渔民连忙大声喊道:"大表弟,你来得正好,快为我们排解纠纷。"

沈公山慢悠悠地说:"这件事我已晓得了,你们的渔船,官河大道不行,偏要行上岸来撞坏人家房子,真是一件倒霉的事。"

这个富商见沈公山出面已是一惊,又听他说出这一席不伦不类的话,预感不妙,已软下来了,赶忙卖个人情说:"既是沈先生的亲戚,就不用赔了,我自己买木料换桩吧。"

沈公山说:"他的船已被撞坏,不能用了。按理说船有河道,屋有地基,是浚河行船,还是堵河造屋,这件事还是到官衙判决吧!"

富商听他这么说更慌了,忙表示情愿再赔只新船给老渔民,就地了事。

（陈一心）

哲学先生评曰:

渔船撞了河房,如单从这件事看,当然是渔民不好。沈公山的一句"官河大道不行,偏要行上岸来撞坏人家房子",暗示出他已将注意力转到房子何以建在"官河大道"这点上了,富商自知理亏,这才主动认输。事物总是分不同层次的,有些问题就得到更高层面上才能作出把握。哥白尼以"日心说"否定了中世纪教会的"地心说",这是跳出地上心理和眼光的局限;爱因斯坦的天体相对论又否定了"日心说",他则达到了更高的思维面。

顿　　悟

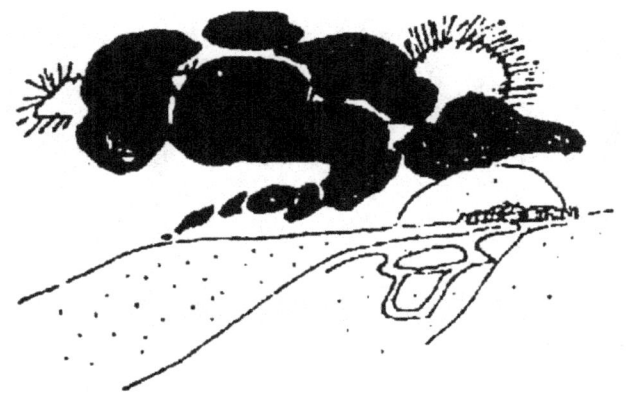

　　梅梅是个很靓的姑娘,在我们乡下,说是百里难寻一点也不夸张。有道是一家有女百家求,何况梅梅这么一个姣美女子,于是来求亲的几乎踩烂了门槛,老师、乡干部、区干部、大款⋯⋯都是些挺不错的主儿。

　　可是,梅梅却对谁都不理不睬。一时间,梅梅的"挑"便出了名。

　　前一阵,她姥姥来了,在她们家住了好一段日子。姥姥七十多岁了,头发脱得没有几根,眼睛起了白翳子,牙齿没有了,张嘴一个黑洞洞,一脸皱巴巴的像个老苦瓜,两边腮帮深深地陷进去,两块颧骨高高地突出来,下巴尖尖的像个三角烙铁,背驼着,拄一根棍,腰一弓一弓的惹人笑,有天夜里困得太沉了,还尿了一床……

姥姥回去没多久,梅梅忽然宣布要嫁人了,嫁给一个相貌平平、家境一般的木匠。

大家都认为那男的太亏梅梅了,无论哪方面都跟以前那些老师呀、干部呀、大款什么的没法比,不晓得这疯丫头是怎么想的。

一天,几个平时最要好的女伴就去问她个中缘由。梅梅说:"那天,我和我妈还有我姥姥都坐在堂屋里,我看看姥姥,又看看我妈,再悄悄照镜子看看我自个。我发现我很像我妈,我妈又很像我姥姥。我就想,再过二十五年,我不就是我妈这副样子了?我妈再过二十五年,不就是我姥姥那副样子了?我再过两个二十五年,也就是五十年,不就是我姥姥那副样子了?这么一想呀,就决定了。"

女伴们眼睛眨巴眨巴的,都懵了,不明白梅梅绕来绕去的,都说了个啥?

(雪 宇)

哲学先生评曰:

梅梅姑娘一定早就爱上了那个相貌平平的木匠,只因别的求亲者的条件实在太好,使她难以将恋人公开,以与他们相抗衡。从姥姥身上,她悟出了"青春不再"与"红颜难驻"的道理,于是大胆摊牌。她只说出外婆这一段,没有说出恋人那一节,别人自然听不懂了。她所悟出的道理虽然浅显,却还是带点永恒性的。

寿棺之谜

　　很久以前,张家镇有个人叫张富春,自懂事起就年年随父亲春走秋归,贩卖货物。父亲死后,他不愿一个人再南北闯荡,于是就弃商归农,在家跟母亲安安稳稳过起日子来。

　　这天,母亲把张富春叫到跟前,对他说:"儿呀,你娘我这么大年纪了,今天脱下鞋或许明天就穿不上了,你去给我准备一口好寿棺,这样我百年之后也就心满意足了。"

　　张富春听娘这么一说,立刻想到自己的结拜兄弟李岩,便把他请到家里。

　　张富春请李岩是有道理的,因为李岩有一手木匠绝活。

　　果然,李岩听张富春把事儿一说,就笑着说:"大哥,你放心,给我二十天时间,到月底,我一定给你娘送一口最好的寿棺来。"

转眼间,到了月底。这天,李岩果然驾着马车来到张家镇,车子停在张家门口,车上放着一口漆得发亮的寿棺。

时值盛夏,张富春见李岩热得汗流满面,连忙叫人切开几个大西瓜,又吩咐备酒置席。

李岩一边擦汗一边说:"大哥,先别忙,等把你娘的寿棺放好了再吃不迟!"说罢,就要紧把车上的寿棺卸下来,搬进东屋。

谁知张富春一看,就像当头浇了一盆冰水,愣住了。

原来那时做寿棺是有讲究的,寿棺用的木板越厚重,说明子孙越孝敬。张富春见李岩一个人就能搬动娘的寿棺,可见用料太不讲究,所以立刻就把脸儿拉了下来,又气又恼地说:"兄弟,我哪一点对不住你?就是对不住你,你也不能在我娘身上出气呀,真是……"话没说完,就转身进了后屋,把李岩一个人晾在这儿啦。

李岩猜想大哥准是误会了,可再怎么说,你大哥也不能不问原因就这么没头没脑地训人呀。

李岩也是一时之气,二话不说,赶起车子就回了家。

就这样,好端端的一对兄弟三年没了来往。

这年腊月初五,张富春的母亲七十大寿,由于天气寒冷,老太太受众人一拜后就回后屋取暖去了,留下张富春陪大家喝酒。

正在这时,从门外进来一个人,谁?李岩。

张富春心里不觉有点奇怪,冷冷地问一声:"你来干什么?"

李岩微微一笑,说:"给你娘拜寿。"

"不用了。"张富春挥挥手,"我娘已回后堂去了。"

张富春分明是下了逐客令,可李岩一点也不生气,径直走进东屋,打开寿棺,只见里面放着许多酒菜,还有几个已切开的西瓜,黑籽红瓤儿,真让人看了馋涎欲滴。

李岩让随后跟进来的众亲友把这些东西一一摆上桌,说:"这是三年前大哥请我吃的,我现在请大家一起品尝。"

众亲友听得目瞪口呆,谁也不敢轻易下筷,只有张富春心里最明白,他的脸红到了脖子根,"扑通"一声就给李岩跪下了:"兄弟,我……大哥我错了,千不该万不该,当初大哥不该不问明白就赶你走。现在我真心诚意地敬你三杯,谢谢你为咱娘做了这口独一无二的好寿棺。"就这样,兄弟两人又和好如初了。

你也许要问,这是怎么回事呢?

原来离李岩家不远有座山,山上长满一种灌木药材,两米多高,鸽蛋粗细,用这种灌木做成器具,存放的东西常年不会腐烂变质。李岩一听大哥要为娘做寿棺,便特地上山砍来许多这样的灌木,一根根刨光、烘干,做成寿棺后,外面又用黑漆刷了四五遍。

李岩费尽心思,使出浑身解数,好不容易赶时间把寿棺做了出来,可谁知张富春却不识货。

当时李岩将西瓜、酒菜全放入了寿棺,一气之下也离开了张家,后来他从常出入张家的人中打听到,那口棺木搁在东屋,张富春一直未曾去碰过。他心想:必须把寿棺之谜揭开,否则兄弟之情断了不说,大哥会怨自己一辈子。于是,便趁张母七十大寿之时重又踏进了张家大门。

据说,李岩后来又送给张富春一只烟斗,此后张富春吸烟从来没有咳嗽过。

于是这个故事就在张家镇传开了,这种灌木也出了名,人们都叫它"长寿草"。

(刘永亮)

哲学先生评曰:

好的道理总是从许多"实际"中提炼出来的,但更多的实际,也许恰恰在这范围之外。山外青山楼外楼,山内或楼内的道理,未必管得了外面的山或楼。例如此中"好棺木必定沉重"的道理,就管不了李岩特制的这口棺材。世上的道理终究还有限,世上的事物却是永远更新、无限丰富的。因此,我们就不能只注重道理却不注重实际。这正如寓言中的"愚人",在买鞋时不该不相信自己的脚,而只相信那现成的尺寸一样。

五分钱的交易

有一天,张三和李四结伴外出旅游,他们发现香烟没了,张三就到小卖部去买烟。

张三来到小卖部,买了一包香烟,又想起没有火柴,而身边恰恰没有了零钱,只剩下百元大票了,于是他央求店主送包火柴给他,免得为了五分钱而换大钱麻烦。谁知店主就是不肯,他说:"一包火柴虽然只有五分钱,但是这不能白送给你。如果都像你这样,那我的火柴还卖个啥?不行就不行。"见店主如此固执,张三只得无可奈何地空手而归。

张三回到李四身边,埋怨那个店主太不近情理,连包火柴都舍不得给。李四听了笑笑,说:"我去看看,我包你能白得一包火柴。"

李四来到小卖部:"喂,老板,这烟多少钱一包?"

"十元。"

"那好,买一包吧,能不能便宜一点?"

"你要便宜多少?"

"五分,行不行?"李四装出一本正经的样子。

店主感到奇怪,五分钱还值得一提?便宜五分钱算什么,于是他很爽快地就答应了。就这样,李四买了一包与张三一样的烟,还用这便宜下来的五分钱换了一包火柴。

李四得意地回到张三身边,把火柴给了他,两人哈哈大笑起来。

(刘　斌)

哲学先生评曰:

这个小故事中还真是蕴藏了一些哲理。现代西方哲学很强调"参照系",就是不孤立地看待万事万物,而将一切都放到特定背景中去考察,尤其不忘记考察者自己所取的视角和考察范围。如仅以月球为参照,地球当然是巨大的;但如放到整个银河系中去看,那就相当渺小了,虽然它还是同一个地球。同理,五分钱放到五分的价格中,和放在十元的背景之下,给人的感觉的确大不一样。这就是"参照系"的不同而造成的异样的感觉。

傻瓜的天堂

　　很久很久以前,有个很富有的人,叫凯蒂斯。他有个独养儿子,叫阿特尔。他家还有一个远房亲戚的孤女,叫艾肯莎。阿特尔和艾肯莎年龄相仿,两小无猜,凯蒂斯有意等孩子们长大后,让他俩成亲。

　　不料当阿特尔刚刚长成漂亮的小伙子时,突然得了一种怪病,他总是臆想着自己已经死了。他怎么会产生这臆想呢?原来他家以前有个老仆人曾经对他讲过天堂的故事,说在天堂里,人们生活自由自在,想吃什么就有什么,想喝什么就有什么,想睡觉就睡觉,想起来就起来,用不着读书,用不着干活,也用不着承担任何责任和义务。生性懒惰的阿特尔,最讨厌每天清晨早早起床读书,更不愿意长大后去接替父亲的事业,去从事那些繁忙的工作。他想,要摆脱这些烦恼,只有一条路,那就是去死,上天堂。

他这个想法一天比一天强烈,并幻想着自己已经死了。他的父母见他这种情形,忧心如焚。美丽的艾肯莎姑娘也暗暗为他垂泪。全家人千方百计地劝他,安慰他,他都不予理睬。他喊道:"你们看我已经死了,为什么不赶快埋葬我?就因为你们不埋葬我,才使我进不了天堂!"

家里请来很多医生为他治疗,都无济于事,他一天比一天吃得少,日见衰弱,连话也不愿意多说一句。绝望之中,父亲请来了一位名叫尤特斯的医生给他治疗。尤特斯医生的医术和智慧是远近闻名的,他看了阿特尔之后,便对他父亲说:"我保证在八天之内治好你儿子的病。但有一个条件:你们必须一切无条件地按我说的去办,无论它有多么困难。"阿特尔的父亲一口答应了。

尤特斯医生走到阿特尔的床前,见他由于绝食已经脉搏微弱,气息奄奄,顿时大声喊道:"为什么你们还把一个死人放在屋子里,还不赶快为他举行葬礼?"

医生这话把阿特尔的父母吓得面孔变色,而阿特尔听了,脸上却露出了微笑。

家里人遵照尤特斯医生的指示,为阿特尔举行了盛大的葬礼,并按照尤特斯医生的吩咐,将他的房间布置得像天堂一样,墙壁涂上黑色,窗户被厚厚的布幔遮住,不分白天黑夜,房内点燃了蜡烛。仆人们个个穿着白色的衣服,背上都装饰着像天使一样的翅膀。阿特尔躺在一个开着棺盖的棺材里,此时,他感到十分满足,很快地进入了甜蜜的梦乡。

当他一觉醒来时,发现自己躺在一个陌生的地方,他问仆人:"我现在在什么地方?"仆人回答说:"在天堂,陛下。"阿特尔说:"我太饿了,想吃鲸鱼肉,喝圣酒。"身边的仆人立即唤来背上插有翅膀的男女仆人们为他服务。他们的手里捧着金色的托盘，里面装满了肉、鱼、石榴、柿子、松果和桃子等等。有个高个、白胡子的仆人还捧着一只装满美酒的高脚杯……饿得肚子咕咕叫的阿特尔见了这些美酒佳肴，立即扑上去，贪婪地狼吞虎咽起来。吃完饭后，他想立即睡觉，马上就有两个仆人顺从地帮他脱下衣服，并为他洗澡，然后把他放进棺材里，盖上丝绸和天鹅绒华盖。很快他就进入了美妙的梦乡之中。

当他一觉醒来，仆人们又带来和上次一模一样的饭菜。阿特尔问道："有牛奶、咖啡、牛排和奶油吗?"仆人说："没有，陛下。在天堂里，每顿饭都只能吃同样的饭菜。"阿特尔又问："现在是白天还是晚上?"仆人说："在天堂里，既无白天，也无晚上。"阿特尔只得开始吃饭，但这次食欲已大不如前。吃了饭，阿特尔又问仆人："现在是什么时间了?"仆人回答说："在天堂里是不存在时间这个概念的。"

阿特尔又说："我现在应该做些什么事呢?"仆人回答说："陛下，在天堂里是不需要做任何事情的。"他又问："那么，天堂里的其他圣徒在什么地方呢?"仆人说："在天堂里，每个圣徒都有他自己的位置。""不能互相访问吗?""在天堂，每个圣徒的寓所都相距很远，从一个地方到另一个地方要花费几乎几千年的时间。"阿特尔又问："什么时候我的家人将来到天堂?""你的父亲要二十年，你的母亲要三十年，艾肯莎要五十年。"他又问："在这个漫长的时间里，我只能独处吗?""是的，陛下。"

阿特尔无可奈何地摇摇头，陷入沉思之中。过了一会，他忍不住又问："艾肯莎正在做什么呢?""她现在正在悼念你。但不久她将会忘记你，认识另外一个男人，然后结婚。"

阿特尔终于躺不住了，他爬起来，在房子里来回走动着。这些年来，他第一次感到如此困惑和孤独，他失去了父母亲，失去了曾与他青梅竹马、两小无猜的艾肯莎。他现在真渴望去学一些东西,还梦想着去旅行、骑马、和朋友们闲聊。他毫不掩饰自己的悲哀,说:"我现在真想劈木头、运石块,总比老这样待着强。"停了一会儿,他又问仆人,"我要在这里待多久?""永远。"听到这话,阿特尔悲痛的泪水潸然而下,他狠狠地说:"我要杀死自己。"仆人赶忙回答说:"一个死人是不能够杀死自己的!"

到了第八天,正当阿特尔处于极度悲痛之时,突然一个仆人急匆匆地奔来对他说:"陛下,现在发现一个错误,你没有死,你必须离开天堂。""我活着啊?"阿特尔惊喜地喊道。仆人带他走出这个房间,经过一个长长的走廊时,只见仆人们夹道欢迎他。父母亲和艾肯莎也热切地盼望着他。这时,一抹阳光穿过窗棂洒进来,显得分外和煦明媚,花园里鸟儿"啾啾"鸣叫,蜜蜂"嗡嗡"地穿行在花丛之中,到处充满温馨、和谐、欢乐的气氛。他紧紧地拥抱父母亲,并深情地吻了他们。接着他又走向艾肯莎,问道:"你还爱我吗?""当然,我不会忘记你的。"阿特尔开心地握住艾肯莎的手说:"咱们择个吉日结婚吧!"

不久,他们举行了隆重的婚礼。尤特斯医生作为一位尊贵的客人被特邀参加,音乐家们演奏着欢快的乐曲,很多客人远道而来,为新娘、新郎带来最好的礼物,庆祝活动整整持续了七天七夜。

在阿特尔父母年老后,阿特尔继承父业,成了当地一位颇有成就的商人。他和艾肯莎常常把这段不寻常的故事讲给他们的儿孙们听。每当故事结束时,他总要说上这么一句话:"其实,真正的天堂是个什么样子,是没有人知道的。"

(吴　海)

哲学先生评曰:

这是一篇内涵相当丰富的作品,牵涉到许多理论和伦理的问题。其中之一,就是关于幸福。阿特尔之所以会盼望死,那是因为他觉得死是最幸福的事,死后可以任意地吃和睡,再也没有任何人生的压力。但生活正如流水,它的魅力正在于流动不居、充满变化。而人在生活的流动中,也就有了各种创造性发展(哪怕是极小的变化和发展)的可能。真正的幸福总是跟这种创造连在一起的。阿特尔"死"了之后,知道自己再也不会有任何变化和发展了,甚至连等待再一次的死亡(这也是一种变化)也已不可能,于是就绝望和恐惧起来。"幸福在哪里"——这确是一个永恒的哲学问题。

祸 福 相 倚

祸福相倚,变化有常;
智者处之,转祸为福。

尤子健避祸

　　明朝初年,长洲(今江苏苏州)有一位叫尤子健的人,经营着一家当铺,生意一直不错。

　　有一年的年底,天气冷飕飕的。一大早,天上还下着鹅毛大雪,尤子健就去当铺清点账目。忽然,从前面柜台传来一阵吵闹声,他便放下算盘去了前面。一打听,才知道是住在附近的一个老头和伙计争吵起来了。伙计悻悻地对尤子健说:"这个人前两天用几件衣服当了钱,如今没有带钱来赎,却硬要把衣服带走,不但蛮不讲理,还出口骂人,哪有这种道理呀?"

　　那老头见掌柜的来了,仍然气势汹汹,不依不饶。尤子健心平气和地劝他说:"何必这样呢? 我知道老哥您的意思,还不是想在过新年以前把衣服拿走么? 这只是小事一桩,掌柜的我今天成全老哥!"说完,尤子健叫伙计把老头当的衣服拿出来。尤子健指着其中的一件棉坎肩说:"这是挡风御寒必不可少的。"说完,又拿起一件新袍子说:"拜年时这件袍子总归要穿的。这两件老哥您先拿走,其余的都是单衣,现在还穿不着,不妨先放在这里。"那个老头接过两件衣服,转身默默地走了。

当天晚上,那老头便死在了一家酒楼里。那家酒楼为此向老头家赔偿了不少银子。原来这个老头因体弱多病,又欠债太多,家里难以负担,他就服下了慢性毒药,想死在尤子健那里敲他一笔。为此,他故意不讲道理地和当铺的伙计吵,还希望伙计动手动脚,把事情闹大……由于尤子健处理得当,他没有得逞,便嫁祸到别人家去了。

事后有人问尤子健:"您当时怎能预料到他的诡计,而处处忍让他呢?"尤子健答道:"我是一个讲道理、讲信誉的人,凡是对我胡搅蛮缠的人,那他一定是有所用心的。如果此时不能对他稍稍忍让,那人的诡计就会得逞。"大家听后,连连点头称是。

(夏金龙)

哲学先生评曰:

尤子健代表着一种处世哲学,那就是宁可吃亏,也不要打破眼前的稳定状态。孔子曰:"小不忍则乱大谋。"今人则称之为"求稳怕乱"。过去大多看不起这种哲学,其实很有它的道理。试看天下长寿之人,哪一个不是自己极为当心、生活极有规律?不独不郁不怒,连喜庆也尽量避免。曾有百岁老人喜庆之后猝然而逝,正是自身稳定被打破之故。当然,每一种处世哲学都会有它的缺陷,尤子健哲学用以守成则可,用以创业则不可;用以太平之世甚妥,用以乱世则不妥。这就只能"运用之妙,存乎一心"了。

奇
骗

　　有一个老头，拿了几两银子到钱庄去换铜钱用。店主看了看，说银子质量不好，不想换，老头却说银子好，非换不可。就为这，两人争吵起来。

　　正在这时候，从外面走进来一个年轻人，恭恭敬敬地走到老头面前，施了一礼，说："老伯，您在常州做生意的儿子和我在一起做事，他要我带一封信和十两银子交给您，正巧半路在这儿碰上您。"说着，从兜里拿出信和银子，交给了老头，转身就告辞了。老头接过银子，笑得合不拢嘴，他拆开信，对店主说："我年老眼花，看不清楚，请您帮我念一下这封信！"店主人接过信一念，写的都是他儿子做生意的见闻和问候的话，只在信的最后说："我托朋友带来十两纹银，您老随便买点想要的东西。"

老头听了喜笑颜开,对店主说:"真是好儿子! 店家,把那几两银子还给我,我们不要争什么了。拿我儿子寄来的这十两银子换铜钱,怎么样?"说着就把银子递了过去。

店主忙接过银子,用戥秤一称,有十一两零三钱重。心想:是不是这老头的儿子忙着写信,没有仔细称? 就对老头说:"您自己也称一下。"老头直摇头,说:"我不识秤,您说有多少?"店主一听心里暗自高兴,故意把秤推到老头面前,说:"您看准了,刚好十两。现在的行情是十两银子换九千个铜钱。"说完,便把九千个铜钱给了老头。老头满脸堆笑,拿着钱走了。

店主多得了一两多银子,正高兴呢! 却见一个人走进来,说:"您受骗了还不知道呢!"店主看了一眼来人,只见这人长得很凶狠,就不高兴地说:"你怎么知道我受了骗?"说着赶紧放回这些银子。

这人便解释说:"这老头是我的隔壁邻居,他是一个老骗子。他的银子是假的! 我看见他到您这儿来换钱就替您担心,可他在这儿,我又不好说破。"

店主听他这么一说,赶紧把银子剪开,只见银子里面全是铅胎。店主一看傻了眼,赶忙向这人打听:"您说那老头是您的邻居,他住哪儿? 您带我去吧!"

那人不紧不慢地说:"这老头住的地方离这几十里,您拿上银子赶紧去追,说不定还能追得上。我可不能带您去,他要是知道是我揭穿了他,非揍我不可!"说完就要走。

店主一看急了,拉住这个人,恳求道:"您带我去吧,到了那儿告诉我他住在哪家,您就走开,他怎么会知道是您带我去的呢?"

这人仍是不肯。后来店主给了他二两银子,那人才带着去找。

他们走到一个酒店旁边,远远地就看见那老头把钱放在酒桌上,正和几个人在那里喝酒。带路的那人用手一指,说:"那不是? 您快去抓他,我得走了。"

店主怒气冲冲走进酒店,揪住那个老头就打,边打边说:"你居然敢来骗我,拿十两假银子换我九千铜钱。"旁边喝酒的人一听,赶忙劝住,问是怎么回事。

老头整整衣服,不慌不忙地说:"我用我儿子寄来的十两银子去换钱,根本不是什么假银子。你既然说我用的是假银子,拿出来看看!"

店主见老头狡辩,就拿出剪碎的铅胎银给大家看。老头笑着说:"这根本不是我的银子。我只给了你十两银子,换了九千铜钱。你这些假银子恐怕不止十两吧? 不要来骗我。"

酒店里的人一听,赶紧拿戥秤来称,果然是十一两零三钱,于是都十分恼火,围上来责问店主:"你这假银子根本不是他的,你想讹诈是不是?"店主一看慌了手脚,结结巴巴地说:"这、这……"这些人见店主回答不上来,围上来痛打了他一顿。

店主因为贪便宜,中了老头的奸计,被骗了九千铜钱,还挨了一顿打,只好悔恨交加地回家了。

(杨晓儿)

哲学先生评曰:

老子说过:"祸兮,福之所依;福兮,祸之所伏。"又有一句更形象化的话:"塞翁失马,安知非福。"说的都是好坏得失之间的因果转换。这里的店主如事先知道了这种因果转换的原理,在得到莫名其妙的好处时不忘稍稍想一想,损失便不至于这么大了。但人在实际利益面前总不易冷静待之,即所谓"一叶障目,不见泰山"。所以,说到底,就不是知不知道哲学原理的问题,而依然是人的本性或品性的问题了。

菩萨也拣软的欺

　　过去有一位姓张的秀才,心地善良,为人胆小怕事,路过大树底下,也怕树叶掉下来砸破了头。为保家事平安,他在堂屋里供着菩萨,门上贴着门神,早晚一炉香,晨昏三叩首。就是出门在外,也是逢庙宇就烧香,见神像必磕头。

　　他家的隔壁住着一个杀猪的屠夫,也姓张,和他的性格脾性却恰恰相反:说话粗声大气,待人直来直去,天不怕地不怕,不信鬼神不信邪。

　　他们在小镇各有各的事情做。张屠夫摆肉案卖肉,张秀才设私塾教书。他们由家去小镇,要经过一条小河。这小河深不过两尺,宽不过丈余,行不得船,也摆不得渡,六根木桩,三块木板,凑合就算一座桥。但就这样的一条小河,一些人还在河边建了一座河神庙,用石头雕了一尊河神像。

张秀才每天过河的第一件事,就是给河神烧香磕头,以求神灵保佑。可张屠夫过河不但不烧香磕头,还抽出别在腰间的杀猪刀,在河神菩萨的头顶上磨上那么十几下。因为他发现雕河神菩萨的石头是上等的磨刀石。一旦张秀才碰巧看到这一情景,往往吓得脸色苍白,诚惶诚恐地连声说:"罪过!罪过!"劝张屠夫不要这样,菩萨会降罪的。

有一天,天降暴雨,河水陡涨,小河深了,宽了,木板桥垮了。张秀才和张屠夫相遇在河边,张秀才挺着急,可又想不出办法来。张屠夫灵机一动,高兴地说道:"有了,有了。我说兄弟,咱们把河神庙里的菩萨和跟班抬来当垫脚石,踩着他们的脑袋不就跳过河去了吗?"

张秀才听了,大吃一惊,说:"不行,不行,河神菩萨乃一方神灵,他手下跟班自然也是一方神灵,拿他们当垫脚石作践,只怕要遭天打五雷劈了!"

张屠夫说:"你怕我不怕,我去搬了那几块石头丢在河里,你只管过河,总不怕了吧?"说着,他将杀猪刀往腰里一别,就去搬河神菩萨。等张屠夫搬了河神菩萨来到河边,张秀才早脱光衣裤涉水过河了。

这天深夜,张秀才正在灯下读书,突然打了一个喷嚏,那桌几上的灯光顿时缩成了蚕豆般大小,灯光中,只见满身水淋淋的河神菩萨怒气冲冲地站在他的面前,大声喝道:"你姓张吗?"张秀才吓得双膝一软,跪倒在地,磕头如捣蒜,乞求说:"菩萨在上,容小人禀告,今天下午把您扔下河的,不是小的,而是隔壁的张屠夫,您老人家可千万别搞错了。小的天天给您烧香磕头,从来没干过对不起您的事……"

河神菩萨狰狞一笑,道:"本菩萨没有弄错,今天要找的就是你张秀才。平常你对本菩萨毕恭毕敬,可今天那张屠夫作践我的时候,你却不管不问,溜回家来,害得我不但被脚踩,而且受冷挨饿。"

张秀才浑身颤抖,上下牙齿直打架,抖抖索索地说:"既然……是……是……这样……您……老……就找……张屠夫……好了……"

河神菩萨一瞪眼:"放你的屁!他那么凶恶,天天拿我头顶当磨刀石,我去找他出气,岂不自寻倒霉?你这混蛋平时那么尊我敬我,今日看着我让人作践,也不帮我一把。本菩萨不降罪于你,难道去降罪于张屠夫?"说完,河神菩萨一阵风去了。

张秀才吓得病倒在床上一个月,差点去见阎王。而张屠夫呢,天天踩着河神菩萨的脑瓜过河回家,什么事也不曾发生,日子过得挺舒心。

(岳 阳)

哲学先生评曰:

有位女作家写离婚经历,说婚前男友对她如何体贴,结了婚便换了副嘴脸,结果办完离婚手续,他又对她相敬如宾起来,因为他对"外人",一向是彬彬有礼的。笔者也曾见过一位副科级基层领导,对内声色俱厉;对外科室来的人(哪怕是很熟的人),却总要操着外交辞令亲自接待,他把这一切都看作权力。这篇故事中的菩萨也与此相类,把别人的供奉看成了自己的权力。而权力是最易腐蚀人(也包括腐蚀菩萨)的。一切事物的发生、发展都有其特定条件,所以我们不必过于怪罪这些丈夫、科长和菩萨——他们都是某种文化的产物。

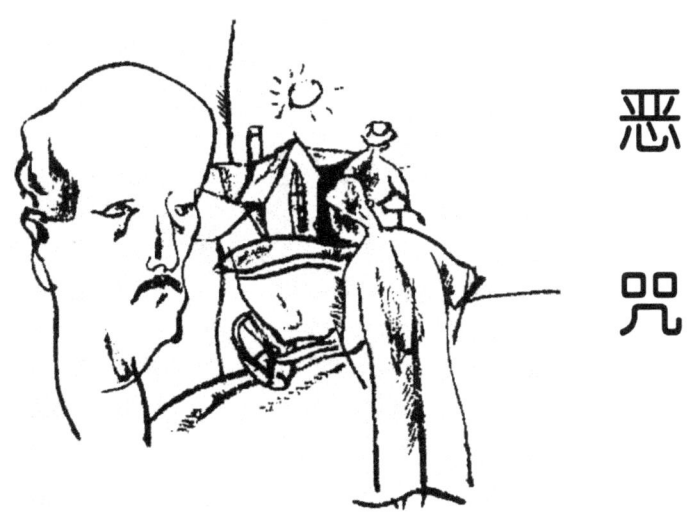

恶咒

　　有个女大学生叫柳东方,毕业后回到家乡,在市区开了一家心理咨询门诊所。开业后,来看心病的还真不少,有青春期的少男少女,有失恋失意的青年男女,还有中年老年心理病人。柳东方忙得团团转,生意越来越红火。

　　这一天,柳东方送走最后一位预约病人,正准备回家,门"吱呀"一声被推开,进来了一位老大爷,七十开外年纪,弓腰驼背,拘谨地站在门口,怯声怯气地问:"姑娘,都、都说你挺神,我特意来的,我……"

　　柳东方一笑:"大爷,瞧您说的! 请坐,您老哪里不舒服……"

　　老人好像被吓着了,显得很紧张,坐下后半晌才冒出一句:

"姑娘,我、我天天害怕,他、他想要我的命!"

柳东方乍听之下,也吓了一跳,惊问道:"是谁? 您老为什么不报告公安局?"

老人长叹一声:"公安局管不了他呀!"说罢,不等柳东方再问,老人站起身竟独自推门走了。

"哎,老大爷……"柳东方喊着追出去,见老人已挤入人流中,很快不见了。

老人走了,柳东方的心里却存了个大疙瘩:这老人是谁? 为什么有人要害他? 怎么连公安局也管不了? 但这以后,那位神秘的老人却一直没来……

过了两个星期,也就在柳东方把这件怪事渐渐淡忘时,一个雪花飘飘的傍晚,柳东方正在台灯下写东西,忽然响起了轻轻的叩门声,她开门一看,不由又惊又喜:正是上次那位老人,只见他脸色憔悴得吓人,精神高度紧张的样子,进了门就"扑通"跪在地上,连声说:"姑娘,都说你挺神,快救救我,他、他要害死我呀!"

柳东方一个姑娘家,哪遇到过这种事? 吓得朝昏黑的外面瞅了瞅,赶紧关门闭窗,又用一张桌子顶住了门,接着,她拿起电话筒,就拨110。

那老人却一把按住电话机:"姑娘,别、别报警……没用的!"

柳东方眉毛一扬:"大爷,向公安局报警,怎么会没用?"

老人老泪纵横,低下头喃喃地说:"要害我的,他、他不是人,是个鬼呀!"

柳东方听了这话,反而长长地吁了口气,放下心来。她先给老人倒了一杯热茶,然后用"心理宽慰术"有一句、没一句地跟他闲聊,聊着聊着,有意无意地说到了老人的"病根"上。

原来,老人名叫赵大有,七十三岁,"鬼"从何来? 这就要从四十七年前说起了。

那时候,正是国民党溃败前夕,解放军的隆隆炮声已隐约可闻。赵大有那时正是壮年,在火车站拉人力车,腊月二十九这天晚上,天下着大雪,这时候,一列火车到站了,出来了一些人。赵大有赶忙上前吆喝:"坐车喽,坐车喽,又快又稳……"

一位身穿长棉袍的青年闻声过来,讲好了车价,坐了上去。赵大有把他送到一家客店,拉着空车回了家。到家后,他一扫车座上的雪,发现了一个布包,沉甸甸的,进屋打开一看,天哪!竟是一包白花花的大洋,足有三百多块!赵大有想起来了,这包是那个穿长棉袍的青年人的,赵大有乐坏了,怕那青年人来找,赶紧把钱藏了起来。

果然,第二天一早,那青年人满头大汗地找来了,一把拉住赵大有的手,哭着求道:"师傅,求你把包还给我吧,那是我替老板要账要回的钱呐!回去交不了差,我只有死呀!"说着,他朝赵大有跪了下来。

赵大有心软了,想把钱还给他,可又一想,自己穷了半辈子,好不容易发了笔横财,要是还掉,就再也碰不着这样的机会了!想到这里,他一口咬定:"没看见,我拉的客人多啦,兴许让别人拿走了……"

不管那青年人怎么求,又磕头又下跪的,赵大有就是不肯改口。后来青年人的头都磕出血了,他惨笑一声,望着赵大有,一字一顿地说:"师傅,我也不求你了!不过,我在这里要发个毒誓,赌个恶咒。我丢了钱,回去就得上吊,谁拿了我那钱,家里早晚也得死一口子!"说罢,他大哭着走了。

后来,赵大有听说那青年人姓毛,住在北山镇,听说回去就上了吊。赵大有当时心里内疚了好久,后来时间长了,也渐渐忘记了。没想到,事情过了四十七年,那恶咒竟灵验了:上个月,赵大有的小儿子刚考上大学,高兴劲还没过,就不幸遇上车祸死了。赵大有老年丧子,悲痛欲绝,他不由想起了四十七年前那个青年人的恶咒,越想越害怕。他听说有个柳姑娘专治这种病,这才两次上门。

讲完这一切,赵大有泪水涟涟,说:"我得回去啦,他要了我儿子的命,也不会放过我!"说罢,推开门跌跌撞撞地走了……

第二天,柳东方便得到了确切消息:赵大有昨晚上吊自尽了!

柳东方自然不会相信那句恶咒真会作崇害人,但她想去找一找那毛姓青年的家里人,更多地了解一些情况。于是当即雇了辆"的士",直驶北山镇。

那北山镇离省城不远,半个小时就到了。柳东方下车一打听,镇上也就百十户人家,姓毛的就一户,住在街西头。

柳东方找到毛家,一敲门,出来一位白发苍苍、红光满面的老汉,他望着柳东方,纳闷地问:"姑娘,你找谁?"

"请问,您老姓毛吗?"

"是呀,我姓毛,这北山镇就俺家姓毛。"

"毛大爷,您家还有些什么人,比如,您有哥哥或弟弟吗?"

"我没弟兄,不过有三个儿子、两个女儿……"毛老汉说到这里,发现对面这姑娘的眼神儿变得怪怪的,吓了一跳,忙问道:"姑娘,你这是怎么啦?"

柳东方此刻心里激动不已,她突然冒出一句:"请问,您是不是那个四十七年前丢了三百多块大洋的人?"

毛老汉一愣,随即惊愕地说:"是呀,是我。可你……你是怎么知道的?"

柳东方长叹一声,把赵大有的事一五一十地讲了一遍。

毛老汉听罢,叹息道:"想不到,想不到,我当时说的那句气话竟害死了赵大哥,唉!"

那天毛老汉赌了恶咒后,本打算见一见家里人就上吊自尽,没想到那老板因解放军快到了,卷了财物逃走了,毛老汉因此意外地捡了条命。

　　柳东方听了,叹息不止……

（韩　冬）

哲学先生评曰:

　　"为人不做亏心事,半夜敲门心不惊",说的是一个方面的生活哲理,反过来,谁一旦真的做了亏心事,情况就迥然不同了。故事中的赵大有,只因做了亏心之事,其思维就陷入了难以摆脱的怪圈之中,假的成真,虚的变实,意识在这里起了极大的反作用,它以一种超乎寻常的力量改变了存在,从而导致了悲剧的产生。这类赵大有式的人物,在我们的生活中是时常可以看到的,如何使他们摆脱这种"思维怪圈",这是我们应该关注的。

知 人 之 明

知人知面难知心，
知人知面可知心。

唐太宗和宇文士及

　　一千三百多年前一个风和日丽的日子,唐太宗在宫苑中信步走到关中最常见的一棵槐树下。平时皇帝即使无事,也总有一大帮官员前呼后拥。唐太宗漫不经心地对随从说:"这棵树多好啊!"殿中监宇文士及立即接口赞美道:"不错,圣上真是高瞻远瞩。大家看,这树的确天下无双,树干挺拔俊秀,枝条婀娜多姿,树冠雍容华贵,片片叶子就如一颗颗宝石熠熠生辉,此乃皇家的瑞气……"

　　唐太宗越听越觉得不对味,不由得警觉起来。他极不高兴地打断宇文士及的话,神色庄重地说:"魏征常告诫我,要远离那些巧言谄媚、阿谀奉承、成事不足败事有余的小人。我一直弄不清谁是那种小人,今日看来,小人就是你啊!"

宇文士及"扑通"一声,马上跪倒在唐太宗面前,叩头如捣蒜,请罪道:"圣上明察秋毫,使我等小人自惭形秽、无地自容。不过,我只是不忍心,京城官署的官员们都仿效魏征,在朝廷上当面劝谏,公开表示与圣上不同的意见,迫使圣上不得不改变自己的主意,而不能无拘无束地行动。幸亏有我们这些言听计从的左右手唯圣上是尊,如果都像那些人一样,不听圣上的话,不按圣上的意志办事,陛下虽然贵为天子,又有什么意思呢?"

唐太宗听了这些话,觉得句句中听,转怒为喜,连连点头称是。此时已近正午,大树下阴影渐浓。

(李雨河)

哲学先生评曰:

旧戏舞台上的人物,或好或坏,或忠或奸,各如其面,一目即可了然。这是中国传统戏曲与莎士比亚戏剧的一个重要区别。要说这是缺点,病因非在戏曲本身,而在思维方式。用哲学语言来说,叫作"非此即彼"。这种"好人太好,坏人太坏"的毛病,盖出于道德教化的目的。而君子重教化,小人却不重教化,所以恰恰倒是那些卑微小人们,更易于看透人的复杂性。故事中的宇文士及,分明早就看出唐太宗并非十足圣明的皇帝,这才敢说出那段心里话来。其眼光不可谓不锐利。

一杯清水

　　赵大交了三个朋友:钱二、孙三、李四。平时他们常在赵
大家里会文作诗。

　　有次聚会,钱二说:"端午节,我家的大肥猪要杀,请赵大
哥端午日到我家吃肉,千万要来,不能失约。"

　　孙三接着也说:"我猪是没得杀,但我家果园的枇杷快熟
了,请赵大哥也一定要到我家尝尝水果。"

　　只有李四家里穷,没有开口邀他。

　　到端午那日,赵大到钱二家做客吃猪肉,但到了吃饭时,桌
上只有一小碗猪血、一小碗猪肝和一小碗肥肉。钱二叹口气,
说:"唉,真对不起,端午节来买肉的人多,肉全卖光了,只留下这
一点点,交朋友不讲吃,你不会见怪吧?"

过了些时,枇杷上市了,赵大来到孙三家里,孙三说:"真对不起,今年枇杷价格好,买的人多,已全摘下卖光了,只好请你明年再来吃。"

回家路上,赵大心想:我交的钱二、孙三两个朋友嘴巴上讲得好听,请我吃肉吃水果,却不是真心实意请我呀!这两个朋友的为人我已领教过了,还有一个穷朋友李四没有领教过,反正是顺路,我不妨去拜访他一下。

到了李四家里,李四夫妻俩看到赵大到来,非常高兴,马上泡茶、烧点心。

但李四家里确实很穷,中午饭拿不出什么来招待赵大,李妻说:"我身上只有两个铜板,你去陪客,我会想办法的。"

她用两个铜板买来二两烧酒,一杯还倒不满,给赵大喝,自己丈夫用清水一杯作陪,菜只有一盆豌豆。

不知情的李四走到桌旁一看,心想:女人真不礼貌,只有给客人的酒洒满一点才是,哪有我主人的酒杯满的道理,当下把酒杯换了过来。

就这样,客人喝清水,李四自己喝烧酒,喝得脸红红的,两人说说吃吃非常高兴。

李妻在一旁看客人喝的是清水,当面不好说,等他们吃过了饭,送走了赵大,就指着李四哭骂道:"你这个不要脸的,你不是不知道,只有两个铜钱,才买得大半杯酒,我只好在你面前放了一杯清水陪客。你倒好,把清水换给客人,你自己喝酒,你还有脸见人吗?"

李四一听:"啊呀!怪我一时糊涂,怠慢了朋友,我去向他赔礼道歉。"说着,立即出门去追赵大。

他跪在地上,流着泪对赵大说:"赵大哥,我一时糊涂,真对不起你,我……"

赵大扶起李四,感慨地说:"不要说了,我早已明白了,今天我在你家喝的虽然是一杯清水,但我感到比什么都甜。一杯清水能见底,从一杯清水里,我看到了你妻子的贤惠,看到了你对朋友的真诚,你们才是我真正的朋友。"

（方小元）

哲学先生评曰:

赵大没能在钱二家大块吃肉,也没能在孙三家大把吃枇杷,这当然叫他不愉快。但如全让他吃遍,甚而天天请他吃,那就一定愉快么? 苏东坡云:"日啖荔枝三百颗,不辞长作岭南人。"其实何须三百,每日一百,保管吃得心烦舌赤,虚火上扬。可见好东西不妨一吃,却也不宜多吃。真正人人需要,天天不可或缺的,倒是些平常东西。实实在在的友情是平常的,清水一杯更见平常。赵大自清水中发现了自己所要的友情,这恰好应了一句老话——君子之交淡如水。

四个男子和一个木箱

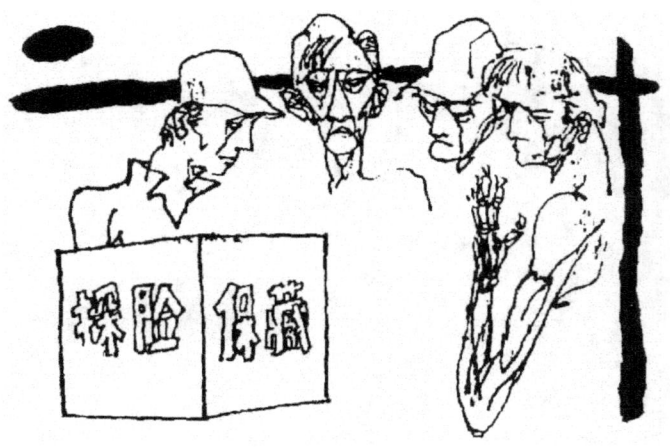

　　在非洲一片茂密的丛林里,走着四个皮包骨头的男子,他们扛着一只沉重的箱子,在密林里跟跟跄跄地往前走。

　　这四个人是:巴里、麦克里迪、约翰斯、吉姆,他们是跟随队长马克格夫进入丛林探险的。马克格夫曾经答应给他们优厚的工资,但是在任务即将完成的时候,马克格夫不幸得了急病而长眠在丛林中。

　　这个箱子是马克格夫临终前亲手制作的。

　　他十分诚恳地对四个人说道:"我要你们向我保证,一步也不离开这只箱子。如果你们把箱子送到我朋友麦克唐纳教授手里,你们将会得到比金子还贵重的东西。我想你们会送到的,我也向你们保证,比金子还要贵重的东西,你们一定能得到的!"

埋葬了马克格夫以后,这四个人上路了。但密林的路越来越难走,箱子也越来越沉重,而他们的力气却越来越小了。

他们像囚犯一样在泥潭中挣扎着。一切都像在做噩梦,而只有这只箱子是实在的,是这只箱子在支撑着他们的躯体,否则他们会全倒下。

他们互相监视着,不准任何人单独乱动这只箱子。在最艰难的时候,他们想到了未来的报酬,想到了将会得到比金子还重要的东西……

终于有一天,绿色的屏障突然拉开,他们经过千辛万苦终于走出了丛林。

四个人急忙找到麦克唐纳教授,迫不及待地问起应得的报酬。

教授似乎没听懂,无可奈何地把手一摊,说:"我是一无所有啊! 噢,或许箱子里有什么宝贝吧?"

于是当着四个人的面,教授打开了箱子——

大家一看,都傻眼了:箱子里是满满一堆无用的木头!

"这开的是什么玩笑?"约翰斯说。

"屁钱都不值,我早就看出那家伙有神经病!"吉姆吼道。

"比金子还贵重的报酬在哪里? 我们上当了!"麦克里迪愤怒地嚷着。

此刻,只有巴里一声不吭,他想到了他们刚走出的密林里,到处是一堆堆探险者的白骨,他想到了如果没有这只箱子,他们四人或许早就倒下了……

巴里站了起来,对伙伴们大声说道:"你们别再抱怨了,我们得到了比金子还贵重的东西,那就是生命!"

(吴寿雄)

哲学先生评曰:

马克格夫不仅是个智者,而且是个很有责任心的人。从表面看,他所给予的只是一堆谎言和一箱木头;其实他是给了他们行动的目的。人不同于一般动物之处,是人具有高级思维能力,因此人就无法像动物一样浑浑噩噩生活,人的行为必须有目的。有些目的虽最终仍无法实现,但至少,它们曾激励和支撑了人的一段生活,这就值得感谢。某些人的无聊、厌世、缺乏激情,其病根,大都在于目的的丧失。说到底,我们还得有所追求才好。

诚实的秤

很多年以前,以色列有个小城市,受到干旱的煎熬,几个月不落一滴雨,花草枯萎,庄稼焦黄,井也干涸了。人们备受饥渴之苦,不少人因好几天滴水未沾而死去。

城里的犹太人首先想到的,便是去教堂寻求教士的帮助。于是,教士不停地祈祷,但却毫无用处。

一天,教士在虔诚的祈祷后,精疲力竭,昏昏睡去。在梦里,他忽然听到远方有个人在和自己说话,那人说:"你的祈祷是没有用的。现在,只有一个人才能够拯救这个城市,他就是食品商卡尔曼!你去把全城的犹太人叫到教堂里来,让卡尔曼带领大家同时祈祷。"

教士醒来后,心里非常纳闷:卡尔曼怎么能领着大家进行祈祷呢,他是个目不识丁的大老粗呀!教士想想不妥,便打点起精神,坚持祈祷。

渐渐地,他又沉入梦乡。这一次,那人又来了,对他说:"你既然已经知道,除了卡尔曼其他人的祈祷都是无用的,你为什么还要独自进行祈祷呢?"

那人话音刚落,教士就醒了。他醒来后便去城里拜会那些德高望重的长者,请他们把教区里所有的犹太人都召集到教堂里来。

不到一个小时,教堂里就挤满了人。卡尔曼是最后一个挤进来的,他在人群中找到一个位子坐下,同大家一样静静地等待祈祷开始。

教士一看到卡尔曼,立刻走过去对他说:"卡尔曼,今天由你领着大家祈祷。"

"教士,你在说什么?"卡尔曼疑惑地说,"我连字都不认识,怎么能带头祈祷呢?"

"没关系,如果你认不全祈祷词,那你知道多少就读多少吧!"

在短暂的沉默后,卡尔曼转身走出了教堂。

一个长者埋怨道:"现在我们该怎么办?你看这个人是多么愚昧,尽管有你的命令,可他还是走了。"

教士说:"让我们先等半小时,然后再说吧!"

几分钟后,卡尔曼回来了。他手中拿着自家商店里所用的秤,径直走到前面。只见他高高地举起秤,开始祈祷:"上帝啊!你知道我是个无知的人,但我一生都是诚实的,这个秤能够为我证明。凡是我的顾客,我从未缺斤少两欺瞒过。上帝!你听见了吗?我的秤是公平的,就赐给我们雨吧!那样我们就能活下去了。"

食品商结束了他奇怪的祈祷,接下去是死一般的静默。突然,窗棂发出"咯咯"的响声,天色转暗,雨开始大滴大滴往下落。

小城有救了!

事后,教士一直在思考奇迹出现的道理。为什么只有卡尔曼才能拯救小城呢? 是的,卡尔曼有一台公平的秤,他是诚实的。但是在这个城市里,难道只有他一个人诚实吗?

但是教士很快就明白了其中的道理。因为紧接着,城里的商人都一个一个来到教堂,主动承认自己的秤有假。他们忏悔道:上帝可以作证,他们以后再也不做那些弄虚作假的事了。

教士明白上帝选择卡尔曼来祈雨的原因后,就把卡尔曼的秤放在教堂门口,让城里所有的犹太人都能记住诚实的重要性。

(刘志珍)

哲学先生评曰:

这是一个典型的宣传宗教和道德教义的故事,却有一定的艺术性。西方宗教往往强调人对"上帝"的敬畏之心。因教民的不诚实而不降水,正是一种令人畏惧的表示。但此故事中的"上帝"却又网开一面,让忠厚老实的卡尔曼现身说法,再用降雨的事实来启发众人,终于使大家有了悔改之心。这时的"上帝"则又充满了人情味。上帝是不是存在,对上帝的祈求会不会永恒,这在信与不信上帝的人们心目中,并不相同。重要的是:做人诚实,才是永恒的真理。

给自己脸上抹黑的人

　　解放前,有个叫李经的郎中,在龙王堂北头街东边开了一爿中药铺。李经这个人医德高尚,医术高明,具有"起死回生、妙手回春"的本领。

　　有一天,离龙王堂往南五里路,刘寨的财主刘保清突然得了怪病,整天"哼哼唧唧",茶水不进。刘家连忙派人请来李郎中治病,李郎中只开了三剂中药,让刘保清服下,药到病除,刘保清果然就恢复了健康。

　　刘保清大喜过望,从此便与李郎中结交为弟兄,好得就像一个人。刘保清是逢集必到,到了药铺就像到了自己家里,一迈腿便走进柜台里帮着抓药,忙这忙那,毫无顾忌。李郎中更是热情相待,每次相聚,总是一壶酒、几碟菜,弟兄两个吃吃喝喝,好不痛快。

有一次,李郎中数好钱,放进包里,准备第二天到县城去买中药。谁知等到临行去拿钱时,那钱包竟不翼而飞了。他冷静地想了想:昨天下午没有什么人来过药店,只有刘保清一个人呀。要说刘保清拿了钱包,那是根本不可能的事。他思来想去却理不出个头绪来。

这时刘保清又来到店里,李郎中不好意思开口,但又不能不开口,因为买药急需钱。李郎中犹豫再三,便脸上堆笑说:"不好意思,请问保清贤弟,你见没见到我的钱包?"刘保清一听,先是一愣,接着也面带笑容说:"见到了。昨天晚上你去厕所时,我在柜台外面拾到一个钱包,因为我妹妹出嫁急需用钱,当时我连数也没数,就装进口袋拿走了,没想到这钱是哥哥你的。你看,我真是钱迷心窍。哥哥要急等用,我想办法把钱还给你。"说罢,告辞而去。

第二天,刘保清拿来钱,交给李郎中。李郎中也没再说什么,就拿了钱进城买药去了。

打这以后,刘保清依然和先前一样,每天必到药店。不同的是只在柜台外面抽烟饮茶,尽管李郎中一再相请,刘保清从此不进柜台里,不越雷池一步。

光阴似箭,日月如梭,送走了春天,来了夏天,天气渐渐热起来了。这时卧室里跳蚤、臭虫、蚊子、苍蝇多了起来,李郎中就命几个徒弟给他来个大扫除。徒弟们把橱柜、大床搬到太阳底下曝晒,然后仔细地清洗打扫,扫着扫着,在墙旮旯里扫出个钱包。一个徒弟说:"这么多钱,老师怎能忘记?恐怕是考验我们的吧!走,快给老师送去。"

可李郎中一看钱包,傻眼了,这才想起原来那天准备进城,把钱包放在床上,由于忙中出错,把钱包抖落到墙缝边了。此时,他知道冤枉了刘保清,心里很不好受。

这天,刘保清又来到药店,李郎中一定要拉他到柜台里面坐。刘保清开始不肯,经李郎中再三请求,才勉强地走进柜台里面。李郎中亲自给刘保清倒茶递烟后,坐在他身边,说:"保清兄弟,我要问你一事,你可要说实话。上次我的钱你到底拾到没有?"刘保清说:"拾到了,不是交给你了吗?是不是钱没有给足?明天我再准备些给你送来。"李郎中有些生气地说:"我看你就是不跟我说实话。"他拿出徒弟拾到的钱包说,"我的钱找到了,你到底拾的谁的钱?"

刘保清惊喜地说:"你的钱找到了?我……我拾的当然是我自己的钱包。"李郎中问:"那你为什么不实话实说,硬要往自己脸上抹黑,拿着屎盆子往自己头上扣?"

刘保清认真地说:"哥哥,当时就咱俩,没有外人,这钱没有了,不是我拿的是谁拿的?我心里寻思,反正是'心正不怕狂风摆,身正不怕影儿斜'。再说,'路遥知马力,水落石头现',总有一天事情会澄清的!"

李郎中听了,激动得泪流满面,上前一把抱住刘保清说:"你真是我的好兄弟呀!"

(孟广伦)

哲学先生评曰:

刘保清的行为,体现了一种很朴素的智慧,也就是我们现在常说的"不争论"的智慧。有许多事,因为各方条件的不完备,一时间不可能争出结果,与其争得天昏地黑,费时荒业,还不如先去做些实际的工作,等待今后的事实来说话。而事实是迟早总会说话的。那种凭借权力、暴力或强词夺理硬争来的"胜利",只要与事实相违背,早晚也总是要土崩瓦解的。

吃黄鱼

　　从前,有个皇帝,餐餐吃山珍海味,可还是头重脚轻,四肢乏力。

　　这天,皇帝临朝,宰相启奏说:"万岁,臣闻东海渔翁百岁高龄还'浪里白条'下海捕捞,非天生铁骨,而是以鱼为食之故。鱼有千百种,屈指数黄鱼,圣上多吃黄鱼,必定大补龙体。"

　　文武百官唯唯诺诺,都说宰相言之有理。皇帝点点头,脸上不禁露出喜色,但突然又连连摇头,没精打采地说:"一条黄鱼那么大,朕哪能吃得下呢……"

　　红面大臣抢先奏道:"万岁,微臣以为黄鱼头最补。头者首也,万岁是万民之首,首补首,理最正。请万岁吃鱼头吧。"

　　黄面大臣不甘落后,紧接着奏道:"万岁,微臣以为鱼身最补。鱼身肉最多,味最鲜美,鱼身补龙体,最补是正理。请万岁吃鱼身吧。"

白面大臣一看两位大臣抢了先,眼珠一转,奏道:"万岁,微臣以为鱼鳔最补。鱼鳔隐在鱼腹中,集全鱼之精华,补肉只补表,补气才补里。请万岁吃鱼鳔吧。"

黑面大臣虽然落在最后,嗓音可是最响:"万岁,微臣以为黄鱼尾巴最补。鱼游靠鱼尾,吃了鱼尾,精气增,元气盛,锐气足,力气生,龙体壮。还是请万岁吃鱼尾吧。"

红、黄、白、黑四个大臣四种道理。听谁的呢? 皇帝问宰相,宰相看皇帝。最后,宰相出主意说:"还是叫东海渔翁来说说吧。"

于是几天后,东海渔翁被叫进了京城。宰相吩咐说:"老伯,皇上有问,你就说吃黄鱼最补。"老渔翁点点头。

老渔翁被安顿在客栈里。一会儿,红面大臣找上门来。红面大臣吩咐说:"老伯,皇上有问,你就说吃黄鱼头最补。你按我的说,我到时候赏你一条渔船。"

老渔翁点点头。

红面大臣前脚走,黄面大臣后脚跟。黄面大臣吩咐说:"老伯,皇上有问,你就说吃黄鱼身最补。你按我的说,我到时候赏你一条渔船。"

老渔翁没吱声,又点点头。

黄面大臣前脚走,白面大臣后脚跟。白面大臣吩咐说:"老伯,皇上有问,你就说吃黄鱼鳔最补。你按我的说,我到时候赏你一条渔船。"

老渔翁还是没吱声,还是点点头。

白面大臣前脚走,黑面大臣后脚跟。黑面大臣吩咐说:"老伯,皇上有问,你就说吃黄鱼尾最补。你按我的说,我到时候赏你一条渔船。"

老渔翁仍然只是点点头,什么话也没说。

其实,老渔翁心里早就明白宰相和四位大臣葫芦里卖的什么药,他们哪里是真关心皇帝的身体,无非是想以此来取悦皇帝,以后官运亨通呢!

可是这一来,不就给老渔翁出难题了么? 到底怎么对皇上说呢?

第二天,宰相带老渔翁上朝,皇帝一看,眼前这个老翁皮肤黝黑,须发花白,但却目如电火,声若洪钟,真是羡慕极了,不由脱口问道:"老翁高寿?"

老渔翁哈哈一笑,说:"不多不多,一百零五。"

皇帝问:"你真是靠吃黄鱼长寿的吗?"

这时,宰相的眼睛紧紧瞪着老渔翁。

老渔翁点点头,朗声说道:"是的,是的,风里来,浪里去,我一生打的是黄鱼,吃的也是黄鱼。"

皇帝接着问:"那你是吃鱼头还是鱼身? 鱼鳔还是鱼尾?"

这时,红、黄、白、黑四位大臣紧张得连气也不敢出,四双眼睛齐刷刷瞪着老渔翁。

只听老渔翁不慌不忙地说:"我呀,春天吃鱼头。春夏秋冬,春是一年的头,人要得头功之力,才能身子骨强壮。"

皇帝听了连连点头,红脸大臣大声叫好。

老渔翁接着又说:"我呀,夏天吃鱼身。夏天天热汗多,全身乏力,吃了鱼身最补身。"

皇帝听了连连点头,黄面大臣大声叫好。

老渔翁又说:"我呀,秋天吃鱼鳔。秋天鱼鳔最成熟,鱼的全身精气都在鱼鳔中。"

皇帝听了连连点头,白面大臣大声叫好。

老渔翁最后说:"我呀,冬天吃鱼尾。冬天是一年之末,寒气正盛,吃了鱼尾,驱散寒气,全身热乎乎。"

皇帝听得兴奋异常,传旨御厨房立即准备黄鱼。

这样一来,老渔翁便得到了四条渔船,宰相和四个大臣也更加受到皇帝的宠信,只是皇帝的身体并不见起色,还是头重脚轻,四肢乏力。

(匡恒照)

哲学先生评曰:

显而易见,东海渔翁不是靠吃黄鱼才健康长寿的;同样,天天吃山珍海味的皇帝老儿,也不会因为多吃黄鱼而治好了"头重脚轻,四肢乏力"的毛病。问题就出在皇帝的臣下以及渔翁,为了达到各自的目的而不顾事实、一味奉承地说瞎话。这就警示人们,对于那些让人听了"连连点头"、"大声叫好"的"好话";要细细辨辨味道。有道是:"良药苦口利于病,忠言逆耳利于行。"故事的哲理耐人寻味。

真假水心

　　南宋宁宗的宰相韩侂胄有一天专门宴请水心先生。

　　水心姓叶名适,是南宋名气很大的哲学家和散文家。此刻,水心先生正坐在相府的前厅里,和韩侂胄边喝茶边说些今天天气"哈哈哈"之类的客套话。

　　忽然,侍卫来禀报门外有人求见。

　　韩侂胄接过一张写着"水心叶适候见"的名片,感到很奇怪,随之与叶适相视一笑,吩咐道:"那就让他进来吧!"

　　来人显然不是叶适,只是一个书生。韩侂胄倒要见识见识这个胆敢假冒水心先生大名的是个什么人,于是以礼相待,先给书生让了座,并命人上茶。然后,韩侂胄有意识地列举了当年叶适给朝廷上书的某些篇章中的话,看书生作何反应,因为叶适从二十五岁起就不断上书进言,议论朝政,深得皇帝的赏识。

只见书生漫不经心地说:"宰相所说的只不过是我小时候写的一些不成熟的意见,后来我把它作了修改。"接着书生朗诵了新的篇章,比当年叶适上书的论述更为精彩,连在座的水心先生也对这个书生刮目相看了。

韩侂胄不免为发现一个人才而兴奋,于是就在书院设宴,请书生一同入席。

席间,韩侂胄拿出他珍藏的长幅画卷《贵妃出浴图》,让他在画卷上写一篇题跋。

书生毫不迟疑地接过墨笔一挥而就,并潇洒地落款"水心叶适",这才收笔。

看了书生的这篇题跋,席间的主、客均默默无语地陷入沉思。

接着,韩侂胄又取来米(芾)南宫的书法作品,书生看后命笔道:"米南宫笔迹尽归天上(都为皇家收藏),犹有此纸散落人间;吁,欲野无遗贤,难矣!"言下之意,连北宋徽宗时,经常在宫廷作书作画的米芾的珍品,尚且有流落到民间的;可见,民间埋没的人才就更多了。

书生写的这几句一语双关、辞简意足的话,令在座者深有同感,拍案叫绝。

韩侂胄对书生说:"其实对面坐的就是水心先生。以你的才华,为什么要冒名求见呢?"

书生微微一笑,回答道:"其实天下文人才士如水心先生者,多得可以车载斗量,不过是没有被人发现罢了。如果我今日不假水心先生之名,大概也很难坐在这里啊!"

韩侂胄问了书生的真实姓名,当即把他收为门客。这个书生姓陈,名谠,是福建建宁人。后来,他考中了进士。

(李雨河)

哲学先生评曰：

这则故事中，最具哲学意味的，莫过于那位书生的一句"欲野无遗贤，难矣"了。这句话深层的意思，是指万事皆有例外。这无疑是个了不起的思想。事实上，人类思想史的每一飞跃，都是从发现例外起步的。——例外永远存在着，只是发现需要漫长的过程罢了。

事 有 例 外

规律显现一般,凡事总有例外,
抓住个别事物,思维再次飞跃。

赌运

　　白浪镇有个贩鱼的个体户,叫白万才,这几年做鱼鳖虾蟹的生意发了大财,盖了小洋楼,买了摩托车,家用电器一应俱全不说,银行里还存了十几万元钞票,小日子真是越过越滋润。

　　人有了钱会变,有人变好,有人变坏。白万才变得爱赌钱了,先搓麻将,成百上千的输赢还觉得不过瘾,后来又改推牌九,两张牌一翻,输赢立见,很够刺激。

　　白万才赌钱跟做买卖一样,手气不错,推牌九赢了五六万块。他觉得赢钱比赚钱容易,用不着吃苦受累,于是就干脆不做买卖了,成天泡在赌场上。好朋友规劝,他听不进去,老婆哀求,更是毫不理睬,成了一个真正的赌徒。

　　俗话说,赌场上风水轮流转。白万才的好运不长,没下两个月,赢进的又吐出去不算,存折上的数字也急剧减少,最后只剩下五千元。直到这时候,白万才方有些紧张。

但他还不死心,卖掉摩托,抵押了小楼,凑足六万元赌本,决心推最后一庄牌九,赢回老本,从此改邪归正,洗手不干了。

哪知这遭他运气特差,一庄牌九才推半庄,六万元已输得精光。其实这次来押牌九的是几个大款赌虫,经验老辣,下注凶准,见庄家台面没了赌资,就逼白万才下台让庄。

白万才输钱不肯输脸,癞蛤蟆垫床脚——死撑活顶,他情愿将家电、老婆一并作价五万元抵押出去,坚持一定要把庄家做到底。于是有位大款便收下他的契约,推出五万元现金,让他继续坐庄。

刚推两板,庄家台面的五万只剩下万余了。这一板牌九推出去,三家都掂量着庄家的余钱下注,每家都押了一万五千元。

骰子掷过,各家翻牌。上家是板凳配杂七——一点,下家是鹅牌配杂八——两点,对家点数最大,长三配么六——三点。一般情况下,庄家统吃的可能性最大,可是白万才又喜又忧,他输怕了,手太臭,捏着两只牌抖抖颤颤,心里直嘀咕:"千万不要是鳖十,那可得统赔啊!"

白万才不敢猛翻,先看底牌,两点绿四点红,是只老猴——六点;再把底牌往下捺,露出下面那张牌的上半截,是绿色两点。他心里一凉:假如下半截还是两点,正好就是只板凳,两张牌合在一块,整整鳖十——统赔。统赔要四万五呐,连老婆都抵押了,还拿什么赔呀?他心里发毛,身上出汗,硬着头皮把牌在手上一转,再捺下一头,心里一个劲地祈祷着:"菩萨保佑,千万别是板凳!"谁知捺下来,他看到的正是两点绿色。完了,鳖十。怎么办?只要牌一翻,赔不出钱,那三位就算不撕了我,自己脸皮也没处搁呀!

白万才稳稳神,放下叠在一起的两张牌,并不翻开,强装微笑,说:"对不起,尿急,等我回来再翻牌。"说罢,急急出门,去屋后解手。

那三位左等他不来,右等他不来,忽然醒悟道:"该不是鳖十,这小子赔不起开溜了?"其中一位道:"跑了和尚跑不了庙,先看看他的牌再说。"

三人翻开白万才的两只牌九,竟然大吃一惊:一只老猴,另一只一头两点绿,一头一点红,是三点的小猴,两只牌九合在一起正是九点的猴对,九五至尊,连天对都要吃的,全部统吃不在话下!嗨,这小子赢钱不收,跑哪去啦?

三个人起身去屋后找,找到小树林里,看到白万才一根裤带挂在树杈上,已经上吊自尽了!

原来,刚才白万才过于紧张,恍惚中两只牌九在手指上整整转了一圈,他两次看到的都是那同一个绿色的两点。

(真 雅)

哲学先生评曰:

这一篇讲的是赌博,近年来与赌博同样风行的是算命,两者都表现了对于尚未来到、即将来到之事超乎常情的急切。其根源,是对自己命运的无法把握,一切凭运道,俗云"博一记",古云"天意不可违",即此之谓也。把人生的希望建立在这种运道上,成天为探测下一步的运道而惶惶不可终日,是很可怜的,白万才之死就是一个证明。那又怎么办呢?我意:未来之事不可测,探之无益,不如好好活,努力往好处干去,任其天翻地覆,我自从容待之。这样的人,才能活得自在,他们也决不会热衷于赌博和算命。

流动的铁牛

　　明朝某年,北方某县暴雨一连下了二十多天,河水陡涨,两岸的百姓人心惶惶,纷纷弃家而逃。一个月后,洪水才慢慢退去,人们陆陆续续返回家园。

　　这天,张县令刚起床,师爷就慌慌张张地跑来说:"大、大人,河边的铁、铁牛被洪水冲走了。"

　　张县令带着师爷等一班衙役急忙赶到河边,果见岸上只有一只铁牛孤独地卧在那里。

　　原来,这个县洪水经常泛滥,历任县官都很头痛,采取各项措施,结果都是徒劳无益。张县令到任后,师爷向他献计说:"大人,前几任没有把洪水治好,是没有采纳小人的意见。小的曾去过许多地方,看到各地沿河边不是有宝塔就是有河神庙。河水泛滥是河妖作怪,小人认为,大人应令乡民铸造两只万斤重的铁牛安置在河边,这样就可镇住河妖了。"张县令本来就是个非常迷信的人,听师爷如此一说,连声赞道:"好主意!好主意!本县赶快吩咐人把铁牛打造好。"

说也怪,铁牛造好,置在河边,此县果然太平了好几年。现在一只铁牛掉进河里,张县令自然着急,他忙对师爷说:"派人先探河中铁牛的位置,再多找些人和船,把铁牛打捞上来。"

可是三天过去了,下河的人一无所获。张县令更急了:这万斤重的铁牛,偷是绝对偷不去的,顺流而下,会流到哪里去呢?他令手下人顺流一路探查,然而又三天过去了,连铁牛的屁股都没有摸到。

这下,张县令坐卧不安,着急上火,终于病倒在床。"完了,乌纱帽保不住了。"张县令想。为了筹得打造铁牛所需之铁,他强令百姓每家缴铁,而且必须在三天内缴齐斤两。那个时候铁是用来打造农具的,这么一来许多百姓被迫砸锄砸犁,怨声载道,现在河妖没镇住,铁牛却无影无踪,如果一旦发了洪水,百姓再去上告,罪加一等,乌纱帽岂能保住?

关键时刻,师爷献计说:"大人,何不贴出告示,请高人来查找呢?"

张县令叹了口气:"唉,也只好这么办了,找到铁牛者,赏银百两。"

真是重赏之下,必有勇夫。告示贴出没两天,师爷领来一个身穿道袍的道长,眉开颜笑地说:"大人,这个道长揭了告示,他说他能找到铁牛。"

张县令闻言,一骨碌从床上蹦起来:"快请!快请!"

双方坐定,张县令赶忙催问道长如何才能找到铁牛。

道长不慌不忙地说:"贫道可以找到铁牛,但请老爷答应我一个条件。"

"当然,除了一百两白银,我另外帮你们重修道观。"

道长摆摆手,制止说:"钱和物贫道都不要,贫道只要将铁牛打捞上来后全部熔化,还给百姓。"

"这……那河妖……"

"据贫道所知,河水泛滥并非河妖作怪。贫道观察到这条河上游的山上光秃秃的,大水一来无所阻碍,自然会洪水泛滥了。若要从根本上治理洪水,应在山上植树种草。"

"道长所言极是,只是铁牛你真的能找到吗?"

"大人和贫道一起到河边,自然就会明白。"

道长领着一行人来到河边安放铁牛的地方,他指着河上方百来步开外的地方说:"大人,请派人到上河去找。"

张县令满脸疑惑地看着道长:"到上河去找?"他犹豫了一下,便让师爷挑了几个会水的出来。

几个人按照道长的指点钻进了水里,只见水面溅起朵朵水花,不一会儿就有人钻出水面道:"大人,铁牛找到了。"

张县令长长地舒了一口气,不由赞叹道:"道长乃神人也!还望道长指点迷津。"

道长微微一笑,说:"贫道也没有什么大本事,更没有什么魔法,只不过在日常起居中多留意身边的事物。我看到这条河是流沙河,且水流湍急,故此,铁牛被冲进河里,不会陷入泥沙中,河水的流动,会把铁牛上方的沙淘空,铁牛卧躺不稳,即会跌入上方空洞。如此跌移,经过数天水的冲刷,铁牛自然会到河的上游去了。然后,我又根据流水的快慢,算出铁牛的位置。"

"道长真乃高人也,本官佩服。我一定按道长的意思造福乡里。"

自此,张县令再也不迷信了。几年后,张县令由于治水有功,高升了。

(吕洪涛)

哲学先生评曰：

按照常理，物体落水后总是顺流而下，偏偏铁牛会逆流而上，可见再好的道理也会有例外。正因为有例外，我们判断事物就不可从现成的道理出发，而只能从每一个具体的事实出发。所谓实事求是，大概就是这个意思了。至于那位师爷，因别处都有宝塔或河神庙，便断言此处也必须有相应的铁牛来镇河妖，这种"傻子过年看隔壁"的从众心理，就更加不可采信了。

歪 打

一日,某地区小报登载了一封读者来信。信上这么写:

编辑同志:

　　我们单位的行长经常利用职权索贿受贿,仅上个月,行长就吃请十几次,索要和收受现金三万多元,名酒二十多瓶,名烟十多条,等等。希望贵报予以曝光,以督促有关部门尽快查处。

　　　　　　　　　　　巳县工商银行　义愤

这天的报纸卖得特别快,街头巷尾人们都在议论这件事。负责编发这封读者来信的是一个姓王的编辑,他无意中拿过报纸一看,吓了一大跳,急忙查对原稿,冷汗不由渗了出来。原来,报纸上"巳县工商银行"的"巳"字排错了,原本信上应该是个"己"字。这不得了呀,人家巳县工商银行的行长看到报纸后,岂不要控告报社是无端诬陷?王编辑不敢怠慢,立即将这一事故差错作了汇报。

报社领导对有关人员进行了严厉的批评,连夜决定立即在次日报上刊登"更正启事",并到巳县去向人家赔礼道歉。

然而,当第二天王编辑等一行人来到巳县工商银行时,巳县监察部门的人员已经进驻到此单位。监察人员对王编辑他们说,经过这两天的查证,那封读者来信反映的情况基本属实,目前正在作进一步的调查。

王编辑一听大吃一惊,要紧拨电话到报社,想通知赶紧把更正启事撤下来,可是来不及了,部分报纸已经上了街。

王编辑回到报社,拿起那份刊登了更正启事的报纸直叹气,无意中一瞥,不禁脸色陡变:"又坏了,又坏了!"众人不知何故,一齐围了上来。一看,不由面面相觑。原来这回更正,居然又把"巳县"更正成了"巳县"。上一次弄错了,幸好弄拙成巧,瞎猫撞上了死老鼠,谁知这次竟又弄错了,岂能还会歪打正着?

恰在这当口,电话铃响了。有人一接,顿时面露惊喜之色。原来巳县监察部门打来电话说,他们已看到报纸,经查问,工商银行行长已经初步承认有"读者来信"反映的问题。电话里还说,感谢报社和那个"义愤"同志为他们提供了线索。

不知怎么,众人听了这"因祸得福"的消息,一点也兴奋不起来,两次失误,两次歪打正着,这说明了什么呢?而且对原来反映的己县工商银行行长的问题又如何办呢?总不能简单地再对更正进行一次更正吧?后经研究讨论,报社领导决定派王编辑前去巳县,配合巳县监察部门对工商银行行长的问题作进一步的调查,然后把前后一切公诸报端。

王编辑把手头工作安排了一下,准备奉命前往。谁想行前突然又收到己县义愤寄来的一封信。信中说:"我从报上看到那封反映行长问题的读者来信,信中内容及信尾落款,很像是我在一年前寄给报社的那封信,可不知怎么成了已县的了?第二天又看到你们的更正启事,就更怀疑那封信就是我写的了。如若真是这样,我不禁要问你们:对这种内容的群众来信,你们报社为什么一年以后才给刊登出来?而且我今天信中特意要说明的是,我们的行长早已换人了……"

义愤的信在众人手中传阅。要说笔迹吧,倒确实像出自一人之手,可要说是一年前寄出的,那就奇怪了,因为看信皮上的邮戳日期,明明是最近的事呀。

于是,就有人出主意,给"义愤"所在的己县邮局打电话问一问。电话打到己县邮局,回答说,县城内有一个信筒坏了一年了,一直没有使用,前些日子维修时确实发现里头有一封信,于是就投递邮走了,但这封信是否就是要查找的那封,他们吃不准。

看来,不用再去证实什么了,事情明摆在那里,大家都明白。有人说,这几次的歪打正着,在报社历史上真是少有,简直可以写进吉尼斯大全了。

(张兰生)

哲学先生评曰:

歪打正着是偶然,歪打而又能正着,说明偶然之中存在着必然。即使一万次只打着一次,此中仍有"必然",惟概率较小耳。这一篇中的歪打却屡屡得手,其概率大到滑稽的程度,于是事情发生了颠倒,歪打成了正打,偶然成了必然。这当然是一种夸张的讽刺,而诚如鲁迅所言,讽刺的生命在于真实,这就颇能发人深思了。

打缸

从前,有一个贩缸的李老汉,每天起早担着缸到山那边集镇上去卖。

这天五更将过,李老汉又担起大缸上路。他身健路熟,虽山高路远翻山越岭,但上到半山腰他还满不在乎地唱起小曲来。唱着,唱着,不小心一只脚踏在满是露水的光石头上,"扑通"一声倒在地上。他忙蹲下身子去抓缸,谁知手快缸滚得更快,只抓住一只,另一只"哐哐啷啷"直向山下滚去……这一下老汉可真像张飞穿针——大眼瞪小眼了:这缸滚下去还会好吗?他在地上坐了许久,叹了口气,只好背起手里的这口大缸向山上走去。卖了多年的缸,可他从没有背过缸,更没想到背缸这么累,没走到分水岭,他就气喘吁吁地实在走不动了。

　　老汉看着缸进退两难:扔了吧,总有点舍不得;背走吧,走几十步都直喘气,何况离镇上还有几十里山路呢!他越想越生气,一狠心,咬咬牙,举起扁担对着缸"哗啦"一下,一口新缸全成了碎瓦,这还不解恨,又愤愤地踢了一脚。

　　李老汉拿起扁担从原路返回。走了一会儿,天大亮了,突然,低头一看,只见滚下去的那口大缸还好端端的立在山脚青草坪上,光溜溜,亮闪闪,底着地,口朝天。老汉真是又惊又喜又悔:当时怎么不先下来看看?再转念一想:嗨,说不定这缸早已震得裂了缝,如果这样,刚才那缸还是该砸!想到这里,李老汉连滚带爬地冲到了山脚,一把抓起那缸,看看,敲敲,听听:分明好缸一个,一个好缸!李老汉两腿一软,瘫倒在地上。

　　这时,弯弯的山路上,男男女女,欢声笑语,肩扛担挑,正赶往镇上。李老汉在缸边坐了约有一个时辰,最后,猛地站起,操起扁担,对着那缸,用力打去,只听见"轰"地一声,这口新大缸又变成了一堆废瓦……

(杨晓辉)

哲学先生评曰:

　　李老汉的故事很有几分像莎士比亚笔下的《罗密欧与朱丽叶》:朱丽叶为能最终实现与罗密欧的婚姻,服了假死的药,不料罗密欧以为她真的死了,随即自杀身亡,最后两人双双离开人世。世上确有些事是合则两利、分则俱伤的,这时切不可无端将一方打入冷宫,更不能轻易让其破毁。过去所谓"劳资"、"工商"、"城乡"等种种关系,大致也是合乎这一原理的吧。

人 无 完 人

金无足赤，人无完人。

棋盘石得道

在玉顶山山顶,有一块好大的方形石头,石头上部极平展,不知谁在上面画了一幅棋盘。因此,人们都把这块石头叫作"棋盘石"。

那年,张果老和吕洞宾两位仙人云游四方,在玉顶山落下了云头。两人一见这块奇石,顿时来了棋瘾,于是盘石而坐,开始对弈起来。

一局棋下来,张果老输了。

吕洞宾说:"输了棋可得要有些表示才好。"

张果老点头答应,把手朝右边的山洼里一指,说:"就在这里出一眼上等的好泉吧。"言毕,右边的山洼里果然冒出一眼清清亮亮的泉水来。

这时,吕洞宾兴致也上来了,把手朝左边的山岭一指,说:"我在这山岭下埋上乌金,有朝一日乡民们是用得着的。"

两位仙人说说笑笑,踏上云头走了。

不知道过了多少年,玉帝发下谕旨,要吕洞宾和张果老到凡间去超度一位仙家。吕洞宾和张果老记起当年玉顶山弈棋的事来,于是双双来到玉顶山,打算在这里寻找如意的人选。

两位仙人自然是先到棋盘石上坐一坐。那棋盘石上的棋盘依然如当年一般清晰,只是石盘上部的平面已被人兽爬磨得更光滑了。

由于两位仙人当年做了两件好事,千百年来,一直使玉顶山下的人们受益匪浅。山洼里那一眼泉水被一条大渠引出,灌溉着山脚下千百亩良田,左边山岭下的乌金也被开采出来,一家很有规模的煤矿在这里办得十分红火。当年山脚下的小村庄如今已经发展成一个小镇,车水马龙,人丁兴旺。

两位仙人不忘使命,急忙寻找超度的对象。

张果老访得一位德高望重的老者,便邀着吕洞宾前去走访。张果老摇身一变,变成个邋邋遢遢的老乞丐,直奔老者家门;吕洞宾则变成一只小麻雀,飞进了那高墙大院。

却说这老者家财万贯,门第荣耀。两个儿子,一个中了文举,在外县当七品官;一个中了武举,戎马成边,身任总兵之职。老者虽富却并无不仁,乡里有口皆碑,乡亲们有了过不去的难处,常常得到老者的帮助。逢上大灾之年,老者总要煮粥施舍。

张果老摇摇晃晃走到老者家门口,果然见高墙大院,朱门绣楼,雕梁画栋,好生气派。

这日正逢老者六十大寿,送礼的人络绎不绝,院子里摆了几十桌,盛宴招待四方宾客。

张果老进得门去,高声道一个万福。那边就有跑堂的过来招呼了。

跑堂的把张果老叫到一边,送上大碗饭菜,张果老皱了皱眉头,说:"先别忙着给饭吃,我要见见你家寿星老人。"

跑堂的不高兴了,说:"一个叫花子,不就是要口饭吃嘛,怎敢麻烦我家老太爷?"

张果老不顾跑堂的劝阻,起身就往中堂闯,几个家丁过来拦住,就是不让他进。

不一会儿,一位锦衣绣服的老者在几个人的簇拥下从中堂出来,老者把手朝张果老一指:"这位客人为何定要见老夫?"

张果老见那人果然气度不凡,便上前施礼道:"老太爷善名在外,与小老儿有些缘分,故想见你一面,不料你的下人就是不让见。"

老者眉开眼笑,用手捋了捋花白的胡子,说:"下人无礼,还望见谅。老夫虚名在外,承蒙夸奖,不知有何见教?"

张果老说:"小老儿今天来不为别事,只是见老太爷已享尽了人间的荣华富贵,特来请你随小老儿去过一过清苦的日子。不知意下如何?"

老者脸色一沉,说:"客人有什么难处尽管讲,老夫自当鼎力相助,为何无端来戏弄于我?"

张果老嘻嘻一笑:"老太爷有所不知,人间的荣华富贵岂是享得尽的?你随了小老儿去,自有玄妙之处。"

老者终于动起怒来:"老夫施穷不施癫。来者想必是个疯子,给我请他出去!"

老者拂袖回了中堂,两边的家丁一拥而上,挟的挟,推的推,把张果老攥出了大门。

张果老一阵扫兴。早已摇身变回来,候在外面的吕洞宾过来,拉起张果老就走,说:"这老头子养着三妻四妾,有钱有势,享不尽的荣华富贵,他没有半点仙心道骨,哪里是超度得了的人。走吧走吧。"

张果老只好随吕洞宾寻访下一个对象。

玉顶山东面小村里有一寡妇,四十来岁年纪,丈夫早丧,全凭她苦苦劳作,上奉公婆,下养儿女,算得上是个至孝至义的女子。如今公婆已逝,儿女也长大成人,她每日孤守清灯,烧香念佛,也算得是无挂无牵之人了。

吕洞宾决意要去试探试探,便摇身一变,变成一个落魄的书生,来到寡妇家。

山脚下有一栋小木屋,木屋里传来阵阵木鱼声,吕洞宾知道是寡妇在念佛,便走上前去。

门是虚掩着的,吕洞宾把门轻轻推开,见寡妇背朝门外坐着,便轻轻咳嗽一声,有气无力地说:"大嫂行个好,有剩饭剩菜施舍一口吧!"

寡妇头也不回地说:"我家没有饭菜,你到别处去讨吧。"

吕洞宾还是苦苦哀求道:"大嫂就行个好吧,我哪里是要饭之人啊,只因上京赶考,途中被强盗抢去了金银衣物,落魄至此。我已三天粒米不进了,你能眼看着我饿死吗?"

寡妇转过身来,木然地看了吕洞宾一眼,说:"我孤身一人在家,不方便,你还是到别处去吧。"

吕洞宾爬在门框上滚了进去,说:"大嫂,救救我吧!"

寡妇终于动起怒来,喝道:"你这读书人怎么也这般无礼,你要毁了我苦熬了一世的名节呀!"

吕洞宾站起身来,一抖身子恢复了原形,躬身施礼道:"施主果然是洁身自好,山人得罪了。"

吕洞宾走出木屋,张果老迎了上来。

吕洞宾摇摇头说:"这种人只知道要名节,连起码的同情心都湮灭了,怎能超度成仙?"

两位仙人如此这般又考察了几个人,见到的不是谦谦恭恭的伪君子,就是得利忘义的假好人。实在扫兴,便又回到棋盘石上坐下,商量着怎么办。

山上的妖怪知道了,纷纷跑来毛遂自荐。但是,练功时间最长的蛇妖因为吞食了无数的生灵,道行最高的狐妖因为常常迷惑善良纯朴的人,没做过坏事的樟树精因为看着一个人上吊不去相救,都一一地被否定了。

吕洞宾和张果老闷坐在棋盘石上着急起来,眼看着超度的期限就要到了,却还没有找到超度的对象。

两个闻名天下的大仙,连这么点事儿都办不了,岂不遭人笑话?

闷坐半天,吕洞宾突然拍拍棋盘石,说:"果老,超度对象有了。"

张果老忙问:"在哪儿?"

"你看,这块棋盘石怎么样?"

"棋盘石?"

"是呀!"张果老叹口气说,"棋盘石,棋盘石,虽采几万年日月精华,只可惜无灵无性。"

"果老错矣!"吕洞宾笑道,"棋盘石不仅有灵有性,而且仁智勇兼备,真善忍完美。"

张果老大惑不解,问:"此话怎讲?"

"你看它,方即为方,圆即为圆,千载不易,万年有恒,此即为真也;任人爬摸坐打,妇孺不欺,兽鸟不弃,此即为善为仁也;受几万年风雨霜雪砥砺而岿然不动,经多少次沧海桑田而处之泰然,此即为忍为勇也;一点慧灵,留你我两人于此弈棋,造福一方,此即为智也。这样至真至善至仁至勇之物,到哪里去找啊!"

张果老似觉茅塞顿开,可又有些担心地说:"你说的确是有些道理。不过,这至真至善的石头没有慧根,终究还是不成呀?"

吕洞宾把棋盘石拍了拍,说:"你若有缘就开口说话吧。"

那棋盘石被吕洞宾一拍,果然说起话来:"石本有慧亦无慧,石本有灵亦无灵,无我无欲无生死,有天有地有慧根。"

两位仙人听罢大喜,急忙度起棋盘石,离开玉顶山,直奔那九天太虚而去。

（傅胜必）

哲学先生评曰:

张果老与吕洞宾在人间白忙一通,竟没能找到一位"理想人物",倒是各种妖魔鬼怪纷纷找上门来,最后只得超度一块石头草草了事。这故事看似荒唐,其实包含了很深的哲理。确实,普天之下,哪有一个是合乎仙家标准的人呢? 每个人都是世俗的一员,都有自己的喜怒哀乐和七情六欲,把哪一个当作神看,最后都得上当。这并不等于没有好人,但好人的标准,说到底还是由某一时代某一群人的价值观所决定的,所以他的"好",只可能是相对的。

可悲的算计

　　赵都市内有条胡同，名叫"回车巷"，巷里有座四合院，住着姓李的哥俩，哥哥李宝明和妻子杨慧文是市文物局的文博研究员，弟弟李宝成和妻子吴荷香在自行车厂当工人。

　　半年前，李家哥俩的母亲去世了。最近，哥俩为了分家的事，摆了一桌酒席，把居委会主任老赵请到家里来"主持公道"。

　　酒过三巡，了解了李家的财产情况后，老赵说："咱回车巷因廉颇和蔺相如的故事而闻名天下，有古赵遗风，历来邻里团结，家庭和睦。其实你们这个家最好分，宝明住在东厢，宝成住在西厢，东西是各自置买的，就不用动了。所要分的就是你们母亲留下的遗产：房屋三间一人一间半，存款四万元一人两万，金手镯一副一人一只，桌子、椅子归宝明，木床归宝成。哦，还有一对旧花瓶,一人一个吧。你们觉得怎么样?"

如此分法绝对公道公平,就连平时最爱挑刺的弟弟的妻子吴荷香,也无话可说。

老赵见双方没有意见,正要拿出纸笔立字据时,哥哥宝明说:"我有个想法,我想把房子、存款、手镯和家具等都归宝成,我和慧文就要那对旧花瓶。"

此话一出,全屋皆惊。过了一会,弟弟宝成"嗯"地站起来说:"不能不能,母亲留下的财产理应一人一半,我怎么能全都要了呢?"

吴荷香听了大伯的话,心里暗喜,嘴里却说:"大哥,还是一人一半对分吧。再说,即使大哥不在乎,还有大嫂呢。"

大嫂杨慧文在低头剥瓜子,一言不发。

老赵心想,分家的事最怕横生枝节,你争我抢好断,这推推让让倒叫我为难了。他见宝明的妻子在一旁一直没说话,便问道:"慧文,你有啥想法?"

杨慧文抬起头,甜甜一笑,说:"我们俩什么都是宝明说了算。常言说,争争抢抢不够吃,推推让让吃不完。宝成和荷香又不是外人,分了家难道还分了心? 就按宝明的意见分吧,我同意。"

宝成夫妻听了感动得热泪盈眶:"大哥大嫂,你们这样偏爱我们,我们说什么也不能接受,要不人家该说我们不仁不义了。"

就这样一方推一方让,分家宴只好这样散了。

当晚,四合院里,东厢房宝明夫妻早早入睡了,西厢房的灯光一直亮着。宝成坐在沙发上一支接一支地抽着烟,他妻子吴荷香则在一旁想心事。

突然,吴荷香的脑海里划过一道闪电,"腾"地站起来说:"哎呀,宝成,咱们差点上了大哥大嫂的当!"

宝成一惊:"你说什么?""大哥大嫂在哪儿工作?""文物局

啊。""文物局是干什么的?""研究文物哪。""得,这不就明白了,那对花瓶是文物。你想想,母亲的娘家是赵武灵王的后代,那对花瓶是有来历的。""对啊,小时候就见母亲对那对花瓶十分爱惜,花瓶底下还有篆字呐。"

吴荷香愤然地说:"他们把我俩当猴耍呢!前天我还从报纸上看到,一个破碗能换一辆桑塔纳轿车,这对花瓶准是赵国时的文物,少说也能值个千儿八百万。"

宝成如梦初醒,他把手中的烟蒂狠狠地摔在地上。

"哼哼。"吴荷香冷笑一声,"宝成,他不仁咱不义,他放明枪咱射暗箭,就说咱和他们一样,什么也不要,专要那对花瓶,叫他们哑巴吃黄连,苦在心里说不出。"宝成咬咬牙说:"对。"

第二天中午,宝成在院里截住下班回来的大哥大嫂,有些不自然地说:"大哥大嫂,分家的事——"

宝明高兴地问:"宝成,你同意我的意见了?"

宝成连忙说:"不不,我和荷香的意思是——"

慧文一脸慈祥地说:"宝成,看你,有什么话就说吧。"

宝成终于张开嘴来:"我们商量了,四万元存款、三间房屋、金手镯子,还有桌椅床等,一切都归大哥大嫂,我们只要那对花瓶。"

宝明吃了一惊:"宝成,你说什么? 你疯了?"

吴荷香从西厢房一步跨到院里,大声说:"没疯,请大哥大嫂务必同意。"宝明急得了出一头汗:"不能不能,宝成,我和你大嫂是真心实意地给你们,你不要赌这个气。"

慧文也说:"是啊,大哥大嫂不能让你们吃亏。"

荷香鼻子一耸道:"大嫂,不让我们吃亏,你就不怕吃亏吗?我肚里有数。"

宝成的火性子上来了,一把拉住宝明的手,奔到北屋母亲的遗像前,"扑通"跪在地上:"大哥,在母亲的面前,你要有我这个兄弟,就同意我的意见,我要花瓶,其他一切归你。你要不同意,咱兄弟的情分就从此到头了。"说着,他从袖口里拔出一把明晃晃的尖刀来,对准了自己的手腕。

宝明和慧文急忙拼命拦住。宝明痛心地说:"兄弟,你是何苦呢,你怎么就这样不领会我的苦心呢?"说罢,"呜呜"地哭了。

荷香在一旁双臂抱在胸前,仰着头说:"我们正是领会了大哥的苦心,才坚持这样分家的。"

慧文扶起宝明,说:"宝明,既然兄弟和弟妹一定要这样,我看就暂时这样定吧,真要闹出人命来后悔也来不及了。"

宝成趁机说:"好,一言既出,驷马难追,咱们这就去公证处公证。"

宝明无奈,于是四人一起来到市公证处,很快办完了手续。

从公证处出来,慧文拉着荷香的手,关心地说:"弟妹,那对花瓶可要保存好啊!"

荷香一副胜利者的姿态,拍拍慧文的肩膀,说:"谢谢,不用大嫂操心,我会把它当作眼珠子一样对待的。"

过了些日子,宝成和荷香抱着一对花瓶到文物商店去让人鉴定,看到底能值多少钱。哪知一位头发花白的老人接过花瓶随便看了几眼,问道:"你们想怎么样?"

宝成说:"这是我们家传之宝,请老先生看看能值多少钱?"

老人摇了摇头,说:"这是民国年间本地彭城民窑烧制的,没有什么文物价值,最多值四五十元钱,而且本店不收。"

两人大惊失色。他们并不死心,带着花瓶又跑到北京、南京等地求人鉴定,结果和那位老人所言大同小异。在一次上火车时,他们一不小心,两个花瓶跌在水泥地上,摔得粉碎。两人心情一激动,患了精神分裂症,双双住进了精神病院。

宝明在医院里抱住宝成痛哭流涕:"好兄弟,分家的事我是一心一意为你想啊,我和你嫂子都是高级职称,每月工资不低,又没有孩子,要那么多钱和房子干吗?那对花瓶确实不值什么钱,我所以说要它,是因为咱中国人的传统,孝敬老人是对老人的尊敬,继承老人的遗产也是对老人的尊敬。我要一对不值钱的花瓶,也算是我继承了老人的遗产,兄弟啊,你怎么这样不明白哪!"

可是,宝明的妻子杨慧文对她最亲近的女友却说出另一番话来:"哼,吴荷香遇事爱玩心眼,总看着别人的碗大。那对花瓶不值钱难道我还不知道?我故意跟着宝明说分家只要花瓶,吴荷香必然疑心花瓶是宝贝而想方设法与我们争抢。这叫欲擒故纵,她果然就顺着我的竿子爬上去了。贪心不足蛇吞象,现在她后悔也晚了,公证处有公证。其实那对金手镯才是真正的文物,上面刻有龙凤图案,是当年赵武灵王赠给爱妃吴娃娘娘之物,无价之宝。"

古老的回车巷打破了往日的宁静,能经常听到一男一女在呼唤着:"我的花瓶,我的花瓶——"

(徐扶明)

哲学先生评曰:

西方有哲学流派曰"存在主义"。它不相信人能改变世界,甚至不信人与人能沟通。人与人是否相通?如不相通,何为人类?人岂不与猪狗同类耶?真实的情境,恐怕是既通又不通,相拒而又相依,不可太信亦不可不信。宝成与荷香硬将相通之处认作不通,视可信之言为不可信,遂致大祸。慧文一向被看成贤惠之人,居然心存叵测,则是人与人不相通的一个显例了。

仙人凡心

　　何仙姑美貌无比,使得曹国舅对她一往情深,大有"一日不见如隔三秋"之感。

　　这日,何仙姑独坐在仙机岩的风亭中,徐徐春风扑面,阵阵花香迎鼻,何仙姑难免春心萌动,面对青山发起愣来。这时曹国舅脚踩白云,风风火火来到仙机岩,为了给仙姑一个惊喜,曹国舅变成一只花蝴蝶,在她面前飞舞起来。

　　何仙姑见一只又大又艳的蝴蝶在亭间飞舞,心里喜欢,便扬起扇儿去捉,但这蝴蝶好生灵活,眼看要扑住了,却又一闪身逃走,何仙姑几扑几失,不由好生奇怪。突然,她看见这蝴蝶伸腿姿势好眼熟,迈着八字步儿,一下子回过神来,"扑哧"一笑,说:"国舅既来了,何必变蝶?"

曹国舅见被何仙姑认出，便也"呵呵"笑了起来，又变回原貌，立在何仙姑面前，问道："仙姑面对山林有所思，想必有啥心事？"

曹国舅的话点透了何仙姑的心。她的脸顿时红起来，叹口气说："有时做仙还不如做人，没成仙时想成仙，当了仙人又羡慕起人间的男女情深……"

何仙姑一席话也代表了曹国舅的心思，他们一时间忘了自己是神仙，坐在一起，尽吐思念之苦。他俩正谈得投入，突然，天边飞来一云朵，吕洞宾持剑驾云向这边飘来。曹国舅仰头一望，望见了吕洞宾的剑梢，忙对何仙姑说："仙姑，洞宾来了，要叫他看见咱俩在这儿坐着谈心，一定生疑，我应当躲开才是。"

曹国舅想躲，可又一时找不到可藏身的地方，急得团团转，只得说："我不如变一石块，立在亭间吧。"说着就要变。

何仙姑忙拦住说："不可，石块并非小物件，洞宾要是当凳坐，你不露馅了吗？"

"这可如何是好？"曹国舅急得直搓手。

此时，云朵已停在头顶，仙姑急中生智，说："有了，你不妨变一红枣，让我吞到肚子里，这样吕洞宾就不会发现你了。"

曹国舅觉得这倒是个法儿，立刻摇身一变，变成一颗红枣。何仙姑迅速伸指捏起，送入口中，正要往下咽，吕洞宾已从空中落地，他笑眯眯地施一礼："仙姑今日可好？"

何仙姑嘴里有物，不便马上回话，只好用力一吞，这才喘息着说："洞宾近来无恙？"

吕洞宾好生奇怪，仙姑素来说话流利，今儿说话怎么不自在，便问："仙姑在吃什么鲜物，不妨拿来共品。"

何仙姑笑着说："哪有什么好吃的东西，只是嘴里……"

吕洞宾看看仙姑的嘴，实在迷人，再看她的脸，真是美人也，人间有倾国倾城之貌，仙姑有倾天倾地之姿也，吕洞宾一下子给迷住了。

何仙姑见洞宾老是瞅她,以为他发现了什么,不觉脸一红,说:"洞宾今儿怎么了?"

这一问才把吕洞宾从想入非非中拉了回来,他稳稳情绪,用动听的言语讨好她。何仙姑听着也倍感开心,"呵呵"笑个不停。在何仙姑肚子里的曹国舅听着可有点吃醋了,但又不敢出声,便抓住她的肠子摇了一下,何仙姑一痛,"哎呀"了一声。吕洞宾也不由一惊:"仙姑怎么了?"说着就去望她的肚子。何仙姑一瞧他要看自己的肚子,心里就急起来:洞宾是仙眼,这一看,不就把国舅暴露了,便急忙转身。刚转身,又看见天边有两个黑点向这边飞来,像是汉钟离和蓝采和骑鹤而来,便忙说:"师傅和采和来了。"

吕洞宾也顾不得看何仙姑的肚子了,仰脸向天边望去,不错,正是汉钟离和蓝采和骑鹤来了。吕洞宾有点沉不住气儿了:"这老头早来晚不来,偏偏这个时候来,要是叫他俩看见咱俩坐在一起,恐会疑心……"

何仙姑也好生着急,今儿是怎么了,事情会这么巧,都凑到一块了。

吕洞宾顾不得细说,摇身一变,变成一只葫芦,吊在树上。

何仙姑不由笑了起来:"啊呀,你这是自我暴露,这时节哪会有葫芦?"

吕洞宾一想:也是,一急把季节给忘了。忙又变了回来:"那、那变什么?"

何仙姑说:"不如我变成一丹丸,你把我吞到肚里,不就躲过去了。"

吕洞宾忙说:"妙,妙,快变来,他们来了。"

何仙姑摇身一变,变作一丹丸,飞到吕洞宾的掌心。这时,汉钟离和蓝采和已开始从吕洞宾头顶降落,吕洞宾慌忙把丹丸送入口中,吞了下去,然后装出悠闲的样子,坐在亭中。

汉钟离和蓝采和落地后,见吕洞宾独自坐在亭中,不由笑了,问:"洞宾,你好有兴致,独自在这儿欣赏风景?"

吕洞宾忙站起来说:"我在尘世走了好多路,问了好多事,累得不得了,便坐在这儿休息一会儿……"

蓝采和哈哈大笑:"洞宾,你何必和我戏言呀,我看,你心中一定有仙姑。"说罢,望望洞宾的肚子,"仙姑还是出来吧!"说着便吹了一下笛。

蓝采和一吹笛,何仙姑顿觉浑身不舒服,只得从吕洞宾肚里出来。

众人一阵大笑,而汉钟离却对蓝采和说:"采和,你只知其一,不知其二,你只知道洞宾心里有仙姑,你知仙姑肚里又有谁呢?"

蓝采和还没回过神来,汉钟离说:"国舅出来吧!"

何仙姑觉得喉咙口一痒,嘴一张,吐出了曹国舅。

汉钟离叹口气,说:"凡人成仙,难脱凡心,我看仙人仙道,也不过是哄哄凡人而已,只是千万不要戳破了。"

(张英铎)

哲学先生评曰:

吕洞宾肚里有何仙姑,何仙姑肚里有曹国舅,想来这也是人之常情。记得流行歌曲里有一句"不知谁能躲得过去……"平时也常从书本上读到"人非草木,孰能无情"的话,说的都是这个意思。哲学自然是高度抽象的学问,一如高高在上的仙人们。但一旦远离了世俗的人情和对于普通人世的关怀,这样的哲学也就会缺乏应有的魅力。正如我们所喜欢的,毕竟是更有人情味的神仙们一样。

绝妙的说服法

　　几百年前,日本德川幕府的第三代将军德川家光,在当时全国权势最大。他的将军府里有一位忠心耿耿的总管家阿部丰后守,为人精明能干,威望很高,把个偌大的将军府管理得井井有条,深得将军的赞赏和信任。

　　一年春天,刚刚从奏章堆里摆脱出来的家光,长长地伸了个懒腰,屋外烂漫的樱花激起了他出游的兴致,一时心血来潮,便吩咐侍从备马出去打猎。傍晚,他们满载猎物,尽兴而归。家光回府的第一件事就是洗澡。将军洗澡是有人侍候的,也不知是怎么回事,这个侍从稀里糊涂地将烧得滚烫的开水浇在家光身上。家光被烫得跳起来,他勃然大怒,重重打了侍从一个耳光,迅速穿上衣服,不再理会惊慌失措、跪地求饶的部下,愤愤地回到殿上,当下派人唤来总管阿部丰后守,命令道:"那个替我冲水的家伙简直是个混蛋,立即处死,拖出去给我砍了!"

丰后守很快就明白了事情的经过,他对将军的命令感到震惊。他知道家光将军一向处事周密稳重,对待部下如同自己的家人,今天如此盛怒,纯属一时冲动。但若一再规劝,不但不会产生作用,而且是火上浇油,会招来更重的惩罚,只好唯唯诺诺地奉接旨令:"是,遵办。"

按照往常的习惯,丰后守退下去后会立即着手办理这件事。但这次,他悄悄地来到侍从们的房间,对将军的贴身侍从们说:"等会儿,待将军的心情好一些,情绪平静了,你们就出来叫我。"

却说家光和家人用过晚餐后,脸上乌云散尽,心情也愉快起来,他开始和侍从们聊天,谈起了当天打猎的所见所闻和一些趣事,时不时爆发出一阵阵爽朗的笑声。这时,侍从就暗暗地通知了丰后守。

丰后守一接到消息,立即来到殿外,请求将军接见。他禀告道:"刚才主公曾经下令处置那个冲洗澡水的家伙,臣一时疏忽,忘了您是怎么说的。特来请主公重新指示,究竟如何处置那个人?"

家光将军听后没有立即回答,只是似笑非笑地盯着丰后守,考虑了一会才告诉他:"那个人严重失职,判处他流放八丈岛好了。"

丰后守闻言大喜,高声应道:"是,立即遵办!"便退下去了。

丰后守退下殿后,家光身边的侍从们纷纷议论:"真奇怪!将军先前是说将那个人处死,丰后守竟然忘记了。连总管也会忘记将军的指示,这种差错在我们身上也极少出现呢。"

听着侍从们的议论,家光笑了笑,说:"丰后守这个'老狐狸'怎么会忘呢?他记得比我们都清楚。只是人命关天,人死不能复活,丰后守知道它的重要性,所以故意说自己忘了,其实他是在提醒我收回成命,重新考虑,只不过是不明说罢了。他想得真是周到,我一时冲动就判人死罪,现在想起来觉得还很惭愧。”

侍从们听了,对丰后守的智慧更加佩服了。

（岑　睿）

哲学先生评曰：

人的一举一动看去简单明了,用哲学眼光剖析,却也复杂得很。一般说,较有感情色彩或需要犹疑一下的行为,内中都包含知、情、意三方面,即在一刹那间通过自己理智、感情和意志的检验。但为了实际利益,人有时会去干明明在这种检验中通不过的行为,或牺牲真情(压抑“情”),或强以为之(损害“意”),这就是人有意扭曲自己了。还有一种情况,是情急之下,三者中的某一方突然膨胀,在短时间内掩盖了其他,这时做出的行为,事后往往要后悔。三者中,最任性霸道的,无过于“情”了。家光将军的屠杀令,就是在一怒之下发出的。事过之后,此种膨胀和掩盖已不复存在,他当然要收回成命,而代之以通得过自身知、情、意三者检验的新命令了。

学 无 止 境

求知的欲望人所共有，
求知的途径因人而异。

岳飞相马

　　岳飞元帅的宝龙驹在一次战役中殁了，岳元帅有令，要重新找几匹好战马。

　　军需官得令，连夜从战马中选出一百匹好马，精心调理好了，专等岳元帅亲自来挑选。

　　元帅没来，却传下令来，将一百匹好马饿上三天。军需官莫名其妙。

　　第四天。岳元帅驾到，令军需官将一百匹战马全部赶到校场坝，然后将那些腐烂霉变的燕麦、枯草等下脚马料堆到校场坝上。一些马匹"咴咴"叫着去抢吃草料，一些马匹却走到草料旁边闻一闻就走开了，虽然它们已经饿得精疲力竭，走路都不太稳了。

　　元帅令军需官把不吃草料的那些马匹记下来，把吃草料的那些马都赶回马群里去。

军需官禀报说:"那不吃草料的马可能是饿出病来了,是不是治一治? 吃草料的那些马才是健康的马呀。"

岳元帅说:"照我的话办吧! 把不吃草料的那些马关到马厩里去,两天里不准给它们水喝。"

"这……"军需官弄不懂了。

过了两天,岳元帅又来了,令军需官把两天前不吃草料,两天来又不喝水的那些马匹赶到校场坝,命人从烂泥潭水里取来二十来桶浑水一溜排开。渴极了的马匹都涌向水桶,把头伸进去大喝起来,只有两匹马钻到桶边伸鼻子进去闻了闻,便失望地走开去,仰起脖子"咴咴咴咴"地嘶鸣起来,还一前一后在校场坝上跑了起来。

岳元帅问军需官:"这两匹战马都叫作什么名字?"

军需官答道:"一匹叫'火骥',一匹叫'白霜'。"

元帅说道:"就是这两匹了。"

军需官说:"元帅,你不亲自测看一下? 这两匹马不吃又不喝,怕是有病呢。"

岳元帅说:"怎么,你信不过我? 你用上好的黄豆鲜草清洁泉水喂养三天。"说罢,转身对儿子岳云说:"云儿,三天后你和军需官去试马,看这两匹马怎么样? 从这里到前军驻地有一百五十里,你们就去跑一个来回。"

"三百里?"军需官和在场的岳云以及其他军官都吃了一惊。

岳元帅哈哈大笑道:"不要紧,通知前军给你选一匹好战马,你从这里选一匹好战马跑到那里去,再换那匹跑回来,咱们一匹对两匹比一回赛。记住了,云儿,你只能骑一匹去跑一个来回,军需官可换坐两匹。"

比赛那天,军需官挑选了一匹骠肥体壮的战马,岳云骑的是白霜,两人从校场坝起跑。一通鼓响,军需官的战马如旋风一样飞奔而去,不一会在大道的尽头就没有了影子,而白霜却慢腾腾地起步,好半天还看得见它那模糊的影子。大家都悬着一颗心:白霜这架势能赢吗?

太阳快落山的时候,白霜飞奔而回,岳云气喘吁吁地下了马。白霜一声长啸,赢得了厩里火骥的一声和鸣,军营里的马匹都嘶鸣起来,仿佛是祝贺白霜得胜。过了两个时辰,天黑透了,军需官才骑着另外一匹马归来。军需官下马还未站定,那匹马就瘫软在他身旁。

这时岳元帅从大帐里走出来,大声说道:"怎么样?我这匹白霜如何?它一天要吃几斗精饲料,喝一百多斤清泉水。养马官,对不对?"

养马官惊奇地说:"对,对呀!元帅您怎么知道?"

"哈哈!"岳元帅继续说,"云儿,你在到达前军驻地前一直没有赶上军需官,是在回来的路上超过他的。我说得不错吧?"

"是呀,父亲。"岳云惊奇地说,"您怎么连这个也知道?"

岳元帅环顾一下四周的将士,高声说:"相马有相马之道。一般的马匹,一天最多能吃几升饲料,而且不管是不是好草料,饿了就吃;不管是不是干净水,渴了就喝;当人一骑到它背上,就勇跃飞奔,才跑完百余里路就再没有力气了。这是因为吃得少的马容易满足,好逞威风的马容易精疲力竭,这样的马只能算是驽钝的马。而最好的战马,就像我的白霜一样。宁可饿死,不是精饲料就不吃,而且一天要吃好几斗;宁可渴死,不是清洁的水就不喝,而且一天要喝一百多斤。一旦奔驰,开始并不快捷,要跑上上百里之后才越跑越快,一天跑三、四百里路程就像没事一样。这是因为它有很大的耐力而不会轻易得到满足,有充裕的气力而用不着逞威风。这才是能达到远大目的的宝马!"

众将士恍然大悟。

(王明贵)

哲学先生评曰:

岳元帅在说马吗?怎么我看去通篇都在说人?人的清高、自尊、持久不移与不争一日之短长,尽在其中也。火骥、白霜贵在沉稳内敛,真有长处而不显山露水,不到山穷水尽谁能见出?有吃有喝时个个风度翩翩,一番大饥大渴,就比出贵贱来了;刚出征时个个风头十足,路遥方知马力之深浅。此乃人间大义。且以恋爱作比:初见即甜言蜜语,殷勤过人者,少有真心焉;有真心则愈掩其真心,尴尬木讷,"爱"字难出其口,方与火骥白霜相近。或有不信者,请待大饥大渴之日证之。

康熙慎旨

　　清朝康熙年间，台湾府县发生了动荡，福建行省把这个情况火速报到朝廷。那天，康熙皇帝爱新觉罗玄烨，正率领众皇子们在宫内的畅春园骑马射箭，他草草地看过文牒，说："知道了。"然后交给使臣，"可告知兵部。"那神态看起来好像是在处理一件平常事。一会儿，又接到台湾全部失陷的飞报，康熙皇帝又不置可否地对使臣说："知道了，把这情况再告诉兵部吧。"

　　面对如此紧急的形势，众皇子再也无心骑马射箭了，恳请父皇赶快下旨指授机宜。康熙皇帝什么话也没有说，弯弓搭箭"嗖"地向天空射去，一只云雀落在了马前。众皇子不知道父皇这是什么意思，面面相觑。

　　他们闷闷不乐地练完骑射，待到回宫后，康熙皇帝才召见他们。康熙神情严肃地训谕道："福建行省距离京城数千里,而台湾又隔海相望。平日,朝廷在那里逐级委派了巡抚、御史的官职,还有提督、总兵等将帅,本为处理地方的事情而设置,有了事,他们自会想办法就近去解决。如果我下了旨意,能保证完全符合那边的情形吗?圣旨一下,巡抚、提督不管正确与否就得依旨行事,即使错了也得办,否则即为违旨;而完全照旨去办,就有可能会贻误战机,甚至会坏了大事。所以,还是不下圣旨的好。"

过了不久,果然就传来福建行省关于台湾失地全部收复的捷报。

作为有生杀予夺大权的皇帝来说,下一道圣旨太容易了,即使圣旨错了,谁敢说半个不字。可康熙没有草率拍板,尽管他在执政六十一年里常常出巡或御驾亲征,对下情并非不了解,但距离京城数千里且隔海相望的地方发生了突变,不能不慎重对待,于是他便采取了静观其变的态度。

正因为康熙没有下达具体圣谕,下面反而有了较大的回旋余地,便于根据实际情况采取相应的对策。

(李雨河)

哲学先生评曰:

国人勤勉,总觉有为胜于无为,其实大谬不然。终身不为者,懒人、废人也;终日忙忙然,茫茫然,人云亦云,人为亦为者,昏人也。俞平伯论及人之善恶界限,谓应"有所为有所不为",而非"无所不为",此言大妙!康熙帝不知情便不为,容知情者自为之,实属明白之举,此即不"胡为"也。今之"胡为"者多矣,"无所不为"者亦多矣,居庙堂之高而明白如康熙者,尚有几人?

难人的逻辑

鹅溪镇闹市有一爿服装店,老板叫李跃进,是近两年发了财的暴发户。李老板为人势利,爱财如命,是个一毛不拔的铁公鸡。有一次,镇"个协"主任来筹集资助教育事业的款项,他不仅不掏一分钱,还反诬这是"苛捐杂税",说:"哼,教育顶啥用? 我没读过一天中学,现在一个月赚的钱的零头也比镇上中学教师的工资高得多。他们这些大学毕业的,有啥用?"

这事传到鹅溪中学语文老师周学庄耳里,气得他沉默了好一会儿,才冷笑了一声,对老朋友杨老师说:"老杨,我们到街上去开开心。"说完,拉了杨老师就走。

到了镇中心,他们径直进了李老板的铺子。杨老师似乎已明白来的目的,于是和周老师一起,装模作样地看起服装来。李老板一看是镇中的两个穷老师,知道油水不大,只是勉强地打了声招呼,就只顾忙自己的事了。

一会儿,周学庄看中一条四十五元的裤子,问了一声:"老板,可以试一下吗?"李老板过来说:"试吧。"周学庄慢慢换下自己的裤子,又慢慢试穿新裤子,还叫杨老师前后左右看看,然后脱下新裤子叠好后,却不付钱,就拿着裤子,又东张西望起来。一会他看中一件水洗布茄克衫,一问价钱也是45元,他取下来前后里外仔细翻看一遍,又试穿了一下,很满意。这时,他问李老板:"可以用它换裤子吗?"老板说:"当然可以。"

于是,周学庄将裤子交给老板,拿起茄克衫转身就要走。

李老板急忙拉住他,说:"你还没付钱呢!""付什么钱?""你不是要买茄克衫吗?"

周学庄说:"我不是用裤子换的吗?"

李老板急得脸涨得通红,说:"可是裤子你也没有付钱!"

周学庄不慌不忙地说:"裤子我已经退还给你了,要付什么钱?"

李老板提高嗓门说:"那你付茄克衫的钱!""茄克衫我是用裤子换的呀!老板。""那么你付裤子的钱!""老板!你又忘啦,裤子我已退还给你了。"

如此这般,反复了几次,李老板竟说不出一个有力的理由,证明周老师必须付钱。站在一旁的杨老师暗暗直乐。

两人的争论引来了许多围观者。他们了解李老板的为人,并且明白周老师在戏弄李老板,因此随着周老师每一句答话,人们帮着起哄响应,奚落李老板,高喊着:"人家是用裤子换的嘛!""周老师不是把裤子还给你了吗?"

李老板被大家哄笑得晕头转向,狼狈不堪。最后,他一把从周老师手中夺过茄克衫,气急败坏地嚷道:"没有钱就不要到这里来捣乱。出去!你们统统出去!"

　　周学庄还是那样不慌不忙地说："李老板,看起来只顾赚钱是不行的吧? 还是要学点东西,不然总有一天你被人家骗光了,自己却说不清楚。老实告诉你,刚才我逗你的那一套中还有大学问呢,你要从道理上驳倒它还不容易呢! 鄙人今天不过是和你开个玩笑。再见!"说着,拉了杨老师扬长而去。

　　人们也哄笑着议论着拥出店门,李老板呆呆地站着,半天没有还过魂来。

　　　　　　　　　　　　　　　　　　　　　　　　　　(慕　莲)

哲学先生评曰:

　　在这个小故事中,周老师是借用诡辩来暴露李老板的不学无术。其手法有二:一是含糊其辞。"换"字通常包含两种意义:以他人的东西换他的另一样东西,或以己物换他人之物。周学庄用一个模棱两可的"换"字不知不觉把其第一义变成第二义。第二种手法是偷换论题,李老板要求付费,但是周老师以换了商品为由来避开这一要求,李老板不能识破这一手法,所以完全被周老师牵着鼻子走。实际上李老板要击破这一诡辩,只须自始至终紧紧抓住裤子的所有权这一点不放,强调:"这裤子是我的,不是你的!"指出硬把别人的裤子说成是自己的就是诈骗,要犯法,这就能处于主动地位。诡辩违反逻辑的法则和规范,李老板文化水平低,又不重视学习,当然不能击破,只能被人戏弄。

两亲家比富

　　青林乡青风村的钟荣福是个运输专业户,这些年腰包满了,家里造起了一栋楼房。最近他的儿子钟平相中了外村苏阿根的女儿苏美兰,两个人一见钟情,很快坠入情网。不久,苏阿根提出要和女儿来青风村做客。

　　得知这一消息,钟荣福心里犯开了嘀咕,不知亲家家底如何?于是他派人暗地里去调查。一调查,把钟荣福吓了一跳。原来亲家苏阿根是个蔬菜专业户,家里也有一栋新楼房,拥有全套高档家用电器,院里有果树,栏内有肥猪,银行存款六位数,比自己还富哩。钟荣福是个要面子的人,觉得男家矮女家一头,实在脸上无光彩,于是盘算再三,决定赶在苏家上门前,再扩建一间新房,这样可先在气势上压住女方。

　　主意打定,钟家挑灯夜战,大兴土木,很快在新楼旁又竖起一间新房。

　　新房油漆未干,苏阿根带着女儿前来做客。钟荣福满面喜气,陪苏家父女参观自己的新居。苏阿根前后看过,不由伸出拇指夸道:"亲家真是治家有方,我是望尘莫及啊。"钟荣福听了,心里如抹了蜜,不由哈哈大笑:"嘻嘻,十个手指伸出来还有长短呢,其实也没关系,凡事都有个先后,你们苏家定会后来居上的。"两亲家推盏换杯,酒喝得痛快,话说得投机。苏阿根临走时,邀请钟家父子有空上他们家做客,钟荣福一口答应。

　　人逢喜事精神爽,钟荣福在亲家面前赢得了面子,心中好不得意,一下子好像年轻了十多岁。眼见上苏家做客的日子临近,钟荣福买了西装、领带,又把皮鞋擦得锃亮,简直比钟平还起劲。这天,父子俩体体面面地到了苏家,当然,也受到了苏家父女的热情款待。

　　这顿酒席一直吃到太阳快要下山,钟荣福站起身,准备告辞,苏阿根哪里肯放,苦苦相劝,一定要留他们住一宿。钟荣福一个劲地摇头:"不行啊,家里还有好多事,下次再来吧。"

　　这时,苏美兰朝窗外望望,突然惊喜地说:"嘀,天要下雨了,你们走不了了。"

　　钟荣福哪里肯信:"没那事,刚才太阳还好好的,你们的一片心意我领了。"

　　谁知天随人意,不多一会儿,天突然阴下来,苏阿根忙起身关上窗户,"嘀嗒嘀嗒"外面果然下起雨来,而且越下越大,顷刻之间,落地玻璃长窗上挂满了水珠。苏阿根又给钟荣福斟满酒:"亲家,老天爷真心留你,你就在这安安心心住一夜吧。"

　　钟荣福走到窗前,隔着玻璃朝外一望,可不是嘛,雨下个不停,院中的果树正贪婪地吮吸着这琼浆玉液。钟荣福便不再推辞,回到桌边,高高兴兴地与亲家对饮起来,直喝得脸红耳热,东南西北辨不清方向。

钟荣福这一觉睡得很是香甜,一觉醒来,已是日头东升,他惦记着家中的活,连忙告辞,苏家父女不再挽留,送至大门口。钟荣福站在门口朝远处望望,心中好不惊诧:天高云淡,晴空万里,外面的田野土地干燥,全无雨痕,怪事,难道昨晚一场大雨,都落在了苏家的院子里?

苏家父女看着钟荣福那发呆的样子,不由哈哈大笑起来。钟平悄悄对苏美兰使了个眼色,苏美兰停住笑,说:"昨夜根本没下雨啊。"钟荣福不相信:"我是亲眼看到下的雨,难道是我酒后眼花了?"苏美兰又"格格"地笑起来:"那是我爸爸为留你而下的人工雨!"

原来,苏阿根为了抗旱,自己设计搞了台人工降雨机,专门用来浇灌院里的果树和蔬菜,想不到昨夜把亲家给蒙住了。

钟荣福知道了事情真相,不由得脸红耳赤,心里暗暗责备自己:嘿,人家科技致富才是真正的富呐,我多造一间房算啥……

(倪国萍)

哲学先生评曰:

"比富"的故事,正如津津乐道描绘宫廷起居生活的"太监文学"一样,在中国民间历来很有市场。这反映了下层民众的艳羡心理,即借想象以补偿现实之不足。人与艺术的关系往往很奇妙,它们会自然形成某种平衡,一如人的躯体(如体温与白血球量等)会自我调节一样。这都是现代西方系统论哲学研究的课题。这篇故事虽也显得夸张,但比富的亲家终究是友好而淡泊的,不似古人般你死我活,这大概也是下层民众生活和心理正趋于健康的一个证明了。

相 反 相 成

对立的事物并非一味排斥，
相容的事物也不全是互补。

攒

钱

　　小马拿着一条香烟刚进门，妻子就又唠叨了："好你个大烟筒，又买上了！"小马说："你看，人情往来，求人办事喝酒打牌，少了这东西，实在不行啊！"妻子说："你算了吧！什么不行？如法律上规定吸烟者犯死罪，保证你就没瘾了。"小马举起手里的香烟笑了笑，说："那好啊！你要能在法律上给咱加上这一条，我就不吸了。"妻子无可奈何地说："哼，吸吧！天生是个败家子。"从这以后，小马的烟瘾越来越大，吸的烟质量越来越高。平日里宁可紧缩正当开支，也不能少抽一根烟。

　　时近腊月中旬，家家都忙着置办年货。小马早就想买件皮大衣排场排场，到市场转了一圈，终于看中了一件，小马气喘吁吁地跑回家，迫不及待地对妻子说："快快，皮大衣来了，皮大衣来了。"妻子不解地问:"什么皮大衣来了?"小马着急地说:"市场上来了皮大衣,快拿钱来!"妻子说:"钱早已花光了,拿啥买呢?"小马这可是火了,一拍桌子训斥道:"你这个内当家是怎么当的?花钱就没有个计划? 今年买不上皮大衣,难道明年正月走亲戚拜年,还穿那件南征北战退下来的古董货?"妻子也不示弱,指着小马的脑门说:"你冲我发什么火? 我有计划没计划,能顶住你不听话? 我不让你吸烟,都快磨破嘴皮了,你就是不听。""这是扯淡。"一听她提吸烟的事,小马的火气更大了,颤抖着从口袋里掏出那半盒烟来,摔到桌子上说:"难道我吸烟能吸掉一件皮大衣?"

妻子不愿打牙费嘴,拿出来一个木盒让小马看。小马十分纳闷地打开一看,立刻转怒为喜,急切地问:"哪来这么多钱?"妻子说:"这是我一毛一分攒下的。你每买一次烟,我就记一次账。你全年吸烟花了多少钱,我就在木盒里放了多少钱。"小马急忙取出那叠钱来点了点数,有零有整,总共一千一百二十四块五角。另外,在一张发黄的硬纸片上密密麻麻地写着哪年哪月哪日,买什么烟,花多少钱,都记得清清楚楚。小马看着这些钱,心里暗暗想:果真是账怕细算啊! 他不好意思地抬起头来,满脸堆笑地对妻子"嘿嘿"了几声,拿上钱迅速朝商店跑去。不一会儿,皮大衣买回来了,小马既感激又奉承地对妻子说:"你真是天底下头一个会攒钱的好老婆。如果没有你,肯定没有这皮大衣。"妻子趁热打铁地问:"你今后还吸烟不?"小马忙立持立正姿势,坚定地说:"我今晚向你发誓,从明年正月初一开始,我正式和烟断绝关系,攒钱!"

第二年,小马真的不吸烟了,一心想把吸烟的钱省下来,添置一台放像机。

日月如梭,转眼又是腊月。一天,小马在交电公司看准了一台放像机,忙回家拿出那个小木盒来取钱,结果打开一看,是空的,不由惊讶地追问妻子:"怎么,你一分钱也没攒?"

妻子若有所悟地说:"哎呀! 你今年不吸烟了,我也就忘记攒钱了!"小马一听火了,逼住她问:"那我省下来的烟钱哪去了?"妻子说:"你问我,我问谁去?"小马把那个小木盒一摔,气呼呼地说:"照这么说,还是我多吸烟,你才能多攒钱? 那好,从明年正月初一起,我就开始吸烟。"

(韩宏喜)

哲学先生评曰:

中国古代没有"哲学"的概念,但关于对立事物"相反相成"的观念,却在上古就形成了。这与西方哲学十分接近。这也证明人类智慧在一些根本方面的相通。丈夫不肯戒烟,妻子便将与烟钱相等的钱储起,结果攒了一大笔;丈夫戒了烟,妻子不再关心此事,钱也就攒不起了。这真是有关相反相成的一个好例。据说武林高手最怕对手去世,一旦没了对手,高手也就不成其为高手了。放眼看去,万千世事,大抵如此。

时　　运

　　现在的人们常说一句话：背时了，喝凉水都碜牙；走运了，会被金子绊倒。这句话确实不假，就连唐代著名的医学家、人称药王的孙思邈，用药时也闹过不少笑话。

　　一次，有位年过七旬的老婆婆，拄着拐杖来找药王要毒药。药王奇怪地问老婆婆："您要毒药做什么用？"老婆婆说："我养了一个不孝的儿子，打骂老人，欺压乡邻，要这种畜生何用？干脆把他毒死算了。"药王心想：人命关天，非同儿戏。于是就抓了一副甘草，冒充毒药给了老婆婆。

　　老婆婆回家，专门为儿子熬了一罐鸡汤，准备把毒药下在汤里边。恰好这时，她儿子提回一条活蹦乱跳的大鲤鱼。儿子要尝新鲜，老婆婆就把鱼收拾好，趁机把甘草加入鱼里面，儿子一吃,七窍流血,立刻毙命。

药王得知后,大吃一惊,甘草药性平和,怎么会毒死人? 越想越不明白,后来偶尔听一道士说:甘草和鲤鱼犯忌,不能混在一块,药王恍然大悟。

药王用药闹死了人,在当地当然呆不下去了,于是就搬了家。他来到的那个地方老鼠特别多,为了毒老鼠,药王包了一剂砒霜放在药柜里,因为这时他有急事出门,忘了跟家里人说。恰好这时有一个害大肚病的人来就诊,药王的妻子就把那包砒霜当着治大肚病的药给了病人。

药王回家后发现砒霜不见了,急问妻子,妻子说刚才抓给病人了。药王一听急得不得了,心想:上回甘草闹出人命,这次砒霜药性毒烈,就是有十条命也保不住了。他想这里不能呆了,忙唤出妻子收拾行装,准备一走了之。

药王和妻子刚出门,就被病人的家属拦住了,并倒头便拜,口称:"活菩萨,是什么灵丹妙药? 真神了,一剂就把大肚子给消了。"

药王寻思:怪了,怪了,甘草闹死了人,砒霜却治好了病,这是何道理? 反复思量,才明白这叫"以毒攻毒",只要剂量合适,分量恰当,毒药同样也可以治病。

此事传出后,找药王治病的人源源不绝,药王的名声越来越响,医术也越来越高。

(任文福)

哲学先生评曰:

世上万物,看去丁是丁、卯是卯,其实都不是孤立的存在。没有一定条件,人类不会有,地球也不会有。或者说,任何事物,都由多种事物组合而成,离开哪一种,性质都会起变化。比如说,忠臣是好的,但与主上昏庸对比,尽显其忠。再比如,烈士是感人至深的,但有时却被朋友误会、误解,这都是世事的很奇妙的组合。相比之下,甘草和鲤鱼组成了毒药,砒霜与大肚病却合成了神奇的药效,反倒不是那么难理解了。

师徒打官司

　　回龙城里,有一个专门帮人打官司的讼师,很是厉害,凡是托他包揽的官司,不论原告被告,没有不赢的。他的名声越来越大,不少人慕名前来拜他为师。

　　这年元宵节刚过,来了一位乡下人装束的小伙子,求他收为徒弟。讼师见他虽是显得有点土气,却也机灵,就收下了,对他说:"别人授业要三年才出师,我只需半年。你先交一百两银子作学费,半年后你去承揽官司。赢了,就算出师;输了,这学费我分文不取,如数归还。如何?"小伙子答道:"听从师傅吩咐。""好!来来来,我们口说无凭,立字据为凭。"师傅挥毫写了字据,徒弟签名画押,协议就这么订了。

　　转眼就是半年,徒弟却一纸诉状送到县衙,状告师傅"恃名揽讼,贪图钱财,多惹事端,不宜授业",并且要求"老爷明鉴,判归纹银百两"。

讼师听说徒弟竟敢告他,气得吹胡子瞪眼:这小子阎王面前弄鬼,不知死活了! 他决不能输在徒弟手里,静下心来一琢磨,他认为自己稳操胜券:假如县官判徒弟告赢了,按照师徒协议算是出师,我就不必归还学费;假如判徒弟输了,说明他所告无理,我也不必归还学费。讼师想到这里,不由一声冷笑:好小子,你还嫩着点,我龙王爷还能被水呛吗?

讼师想得自在,哪里知道徒弟也是拨透了如意算盘,才走这着棋的。他想:如果我告赢了,按照诉状,该还我学费;如果告输了,按照协议,说明没有出师,也该判归还学费。他暗自得意:你当师傅的总是训斥我土头土脑不开窍,我就让你也尝尝打输官司的滋味!

知县看看诉状,又看看协议,越看越糊涂,不知该如何了断。他早就对这班讼师十分反感,但又不好得罪他们,此刻便大笔一挥,一推了之:"协议有效,诉状有理,本官判你们输赢相抵。你们精于此行,自己回去看着办吧!"

(刘常汉)

哲学先生评曰:

这位讼师的徒弟着实厉害,他学会师傅的本领后转身就去告师傅,这就使师傅陷入了类似"以子之矛,攻子之盾"的境地。其实师傅是在和自己的那套本领相搏杀,这就使他走入了怪圈。本领再大的人,一旦与自己的本领斗上了,结果总是被自己所害。这就是西方现代哲学中最为复杂的悖论问题。要想走出这一怪圈,只有跳出现有的层面,到更高的层次上来观察和处理问题。比如发展生产和环境污染,永远是一个悖论,只有从子孙万代利益的高度看待这一问题,才会从恶性循环中找到出路。

有 的 放 矢

目标明确，方法对头，事半功倍；
目的不明，只知蛮干，事倍功半。

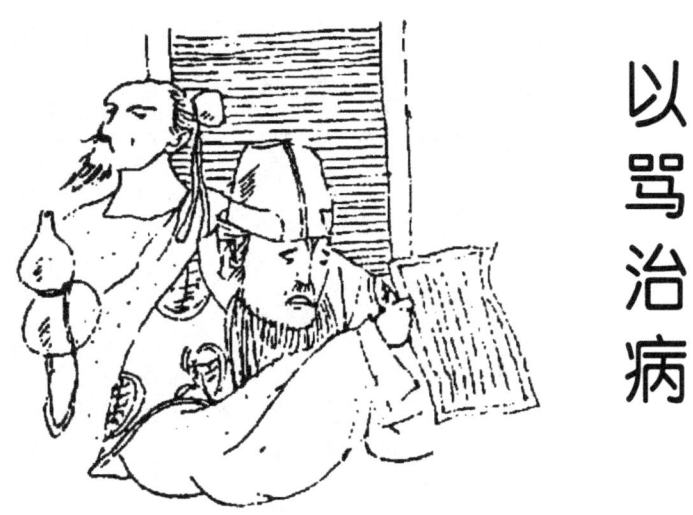

以骂治病

　　华佗是我国三国时期出色的医生,他在各地行医,名扬四方,而今民间还流传不少关于他的故事。

　　相传有一次,有个大官生了病,胸口闷得好比压着一块石头,难受极了,他听说华佗医术高明,就派人把华佗请来给他治疗。

　　华佗把了把大官的脉,走出房间,对大官的儿子说:"你父亲病重,他肚子里积了很多淤血,吐也吐不出,我的药箱里药虽多,却没有一味药能治这种病。"

　　大官的儿子听后急得连连向华佗求情道:"大夫,求你救家父一命,只要你能救我的父亲,你随便叫我做啥,我都答应。"

　　华佗听后慢悠悠地说:"事到如今,只有一个办法可以试试,你把你父亲平时当官所做的坏事全部说给我听,不得有丝毫隐瞒,讲得越清楚我越有办法。"

大官的儿子为了救他父亲的命,只好把父亲平时欺压百姓、贪赃枉法的事全部说了出来。

华佗听后不动声色地说:"我给你开张特别的药方,病人见了一定会发火,火发得越大,病好得越快,你们不要急,不要睬他,也不要乱动。"

大官的儿子为了救父亲,也就一一答应了。

华佗提笔写了一张药方,交给大官,转身就走。那大官拿起药方一读,原来是一封信,信上写道:

　　呸!你这个十恶不赦的东西,今朝也晓得看病啦,你摸着良心想一想,你一生做了多少缺德事?现在阎罗王要你到阴曹地府去算账,你找我有啥用?

接着,又把他平时干的坏事一一列在后面,一条也没漏掉。

那大官越读越气,想爬起身追赶华佗,但又无力气,气得他吹胡子瞪眼睛,半天才叫出一句:"来人哪,把华佗抓起来!"

谁知无人答应,连大官的儿子也立在一旁,不声不响。

大官不觉气上加气,急上加急,想到自己竟会落到这种地步,实不甘心,挣扎着起身向外追去。哪知,一阵头晕,竟摔倒在地,大口大口地吐起血来,一面吐一面骂:"混账东西,气死我了!"

等那大官吐出一升多黑黢黢的淤血,声音渐渐平息下来,这时华佗才从外边房间走进来,对他儿子说:"好了,你们让他漱漱口,喝些茶水,让他躺下休息吧,我再留一张调理药方,连服十帖,就会同平常人一样走动了。"

大官的儿子似乎不相信,起身问他父亲:"你觉得胸口还闷不闷?"

"什么?"大官也弄糊涂了。

"你觉得胸口还闷不闷?"

"噢,轻松多了,不闷了。"

等他们抬起头来看华佗时,只见桌上摆着一张药方,华佗早已去远了。

（张 芳）

哲学先生评曰:

华佗所用的方法,与众不同,其原理可说是:欲扬先抑,欲擒故纵,欲张先弛,欲弛先张。这道理很简单:不纵,则擒不到手;不弛,则无以再张。堵在胸口的淤血不吐尽,大官的病便难以治愈。此中似乎还有一点象征意义:此类昏官如无人狠狠斥骂,终将死路一条。其子女如懂欲扬先抑之法,趁早找到华佗为是。

砒霜育儿

　　从前,有个姓吴的当铺老板,年纪二十五上下,讨个老婆王氏。结婚以后,王氏起先不孕,经多方求医,后来总算怀了孩子。

　　这年冬天,吴老板让王氏管住当铺,自己到外地去收账。

　　时间过去半个多月,吴老板收账还不回来,王氏天天等,日日盼。又等了半个多月,仍不见吴老板回来,王氏猜想事情不妙,可能是丈夫收账回来时身边带的钱财露了眼,被人害死了。

　　王氏是个有心计的女人,她曾听人说过,有种黑店,专门用砒霜放在酒菜里毒人,谋财害命,她暗下决心,等肚里孩子出世以后,不管是男是女,定要把孩子抚养成人,让他为父报仇。

　　十月怀胎,王氏养了个胖儿子。

小孩一出生,王氏就把他放在脚桶里,用砒霜冲热水,给小孩洗澡。孩子开奶以后,她又在自己奶头上涂一点砒霜,让小孩每餐都吃一点带毒的奶水。

这样一来孩子成了习惯,如果一次不在奶头上涂点砒霜,他就哭着不要吃。小孩断奶以后,王氏又在孩子吃的小菜里也放上一点砒霜。天长日久以后,孩子已经不习惯吃别人家的饭菜了。

眼睛一眨,十八年过去了,孩子已经长成一个身强力壮的小伙子,并且打拳练武学了不少本事。

这时,王氏就对儿子讲起他父亲十八年前外出收账被害的事。她让儿子打扮成收账人,说:"你到你父亲生前常去收账的地方走一遭,每日换一爿饭店吃住,等哪爿店烧出来的菜跟娘烧出来的菜味道一样了,这爿店就可能是害你父亲的黑店。"

儿子记住母亲的吩咐,出门了。

这一日,他来到一爿饭店,吃着店里烧出来的菜,味道跟娘烧的一模一样,于是他就开始留心。

他见店主与跑堂不时地瞄他吃饭吃菜,而且鬼鬼祟祟,交头接耳,觉得内中必有蹊跷。他将计就计,吃着吃着,就假装跌倒。

店主人见他跌倒,马上喊出四个大汉,把他抬进里间。等抬到里面一放下,小伙子猛地跳起来,三拳两脚,四个大汉应声倒地。

这时,他定神四下一看,见已有好几个人被杀死,挂在铁钩子上,小伙子顿时怒火冲天,一阵拳打脚踢,把这爿黑店打了个精光,并立即报告官府,查封黑店,捉拿店主。

经审问,吴老板正是此店所害。

（沈新华）

哲学先生评曰：

对立事物在对抗中扶摇直上，由低水平的平衡逐步走向高水平平衡，这是很普遍的规律。中医学里的"阴阳平衡"、"气血调和"，古人之所谓"道高一尺、魔高一丈"，都是这个意思。王氏让孩子从小适应吃砒霜，逐步加量，以至长大后歹人竟毒不死他，也是依据这一原理吧。当然，这一故事也不无夸张之处，是以夸张的手法表达事物从量变到质变的哲学思想的。这一点读者当自识之。

观袍看相

　　明朝年间,安徽有两个读书人,一个叫崔骏,另一个叫丘贵。他们一起苦读十年,终有所报,科试中双双得中,分别被派到砀山和亳县任县令。

　　第二年中秋,崔骏返乡省亲途经淮北,正好丘贵也返乡探望老母,两人途中相遇,喜出望外。看看日头已近正午,崔骏便邀丘贵到淮北镇上酒店一聚,以叙阔别之情。

　　两人酒已喝到深处,忽听得门外喧喧嚷嚷起来,崔骏便命差役前去打探。一会儿,差役回报,说街心处有一算卦先生,卜卦看相特准,博得众人击掌喝彩,故此喧哗。那崔骏听了,便乘着酒兴对丘贵道:"贵兄容禀,你我两人同窗十年,交谊深厚,今日阔别相遇,已属不易,不料又遇此占卜高手,更属奇巧。既如此,何不请那先生为你我占上一卦,以探问前程?不知贵兄以为如何?"

　　那丘贵正喝到惬意处,听崔骏这么一说,心中大喜道:"骏兄所言极是,快令差役将那先生请来。"

　　不一会,差役便领进一人。崔骏和丘贵抬头一看,只见那人身材清瘦,双颧赤红,穿一身皂衫,蹬两只草履,一只发髻高高挽起,三绺长髯飘洒胸前,一副仙风道骨的模样。

　　那先生近前,冲崔骏和丘贵一拱手道:"老朽乾真,蒙两位大人相邀,不知所问何事?"

　　丘贵便起身道:"我与崔骏公同为宿州人氏,如今都在徐州任县令之职,想劳先生看看前程。不知先生有何见教?"

　　那乾真笑而不答,走近前来,将丘贵手相及颜面细细看过,又看看崔骏,然后轻轻颔首道:"以二公手相及颜面看,都在中或中上。但要老朽相看得准,还有一件小事相求,不知两位大人肯否?"

　　崔骏便道:"何事相求,先生请讲。只要先生看得准,即便有些非礼之处,我们也决不怪罪。"

　　乾真便道:"既如此,二公可否将身上官袍脱下,待老朽细细验看?"

　　崔骏道:"有何不可?"说罢,便和丘贵一同脱下官袍,交给乾真。那乾真将两件官袍提在手里,抖一抖,凑到眼前,仔细观察,接着又将两件官袍比试一番,然后交到两人手中,正色道:"两位大人,可容老朽直言相告?"

　　崔骏道:"直言无妨。"

　　乾真向左右看看,崔骏与丘贵似有所悟,便令差役及酒店中人退出店外。那乾真近前道:"适才老朽将两位大人面相、手相及官袍看过,依照卦相,崔大人两年后可得荣升,而丘大人……"

　　丘贵近前一步道:"丘某则如何?"

乾真顿了一顿道："丘大人不仅得不到升迁,反而会被贬斥。"

丘贵急切道："如此说来,丘某如何是好?"

乾真道："依老朽来看,丘大人两年之内应广施善政,体恤民情,淡泊名利,或许能有转机保得原职,否则……"

"哈哈哈……"乾真话音未落,丘贵突然仰天长笑道,"先生此话,能叫丘某信吗?"

"信与不信,全在于你。不过,真有那么一天的话,大人又当如何?"乾真反问道。

"如果真的如先生所言,两年后丘某将再到这里来恭候先生,先生可敢来吗?"

"既如此,一言为定。两年后望崔大人亦能来此作证。"乾真说着,停了一下,用手指了指前面十里长亭,继续道,"相聚之处,就在长亭,二位以为如何?"

崔、丘两人慨然应允。

两年后的中秋,淮北十里长亭中早早徘徊一人,只见他面带倦容,双目呆滞,神情憔悴,此人正是已被罢官的丘贵。那丘贵遭贬,情绪低落,万念俱灰,但如此结果竟在两年前被卦师乾真言中,心中好像还有点不服气,所以勉强振作精神,依照早先约定,早早赶到此地,想弄个明白。

临近正午时分,那大路尽头又过来一乘官轿,那轿身左右,一干差役前呼后拥,甚是威风。轿子在长亭前停下,轿帘打开,走出了已荣升知府的崔骏。

崔骏走过来,与丘贵双手相握,久久无语。良久,丘贵开口道："骏兄荣升,但仍依约前来,小弟心中不胜感激。只是你我心中明白,我二人并非信神迷卦之徒,那日乘了酒兴,一时求乾真叩问前程,不料真的被他言中,其间奥妙,小弟百思不得其解。如确有令人信服的根据,小弟便死亦瞑目了。"说着,眼泪都快落下来了。

崔骏劝道:"仁兄所言极是,你我前程被那乾真言中,确系不解之谜,寻根问底也是崔骏心意。"接着又好言规劝了一番。

两人正你一言、我一语说话间,那大路尽头远远来了一骑,待来人近前,才看清楚正是卦师乾真。那乾真近前冲两人躬身施了一礼,说:"劳二位大人久等,老朽这厢有礼了。"

寒暄之后,丘贵开门见山便问:"敢问先生,人生富贵荣达,贫困窘迫,果真是在天数之中吗?"

乾真手持长髯道:"非也。君不闻有'事在人为'之说吗?"

丘贵道:"既如此,我与崔骏宦海沉浮,为何先生竟于两年前就算到了呢?"

乾真一笑道:"此技并无奥妙,听老朽细细讲来。不过真话直言,唐突之处,还请大人恕罪。"

乾真捋了捋长髯道:"不知两位大人可还记得当年老朽验看官袍之事?"

丘贵点头道:"当然记得。"

乾真道:"奥妙正在这官袍之上。两位大人所穿的官袍,其丝帛乃江浙一带生丝所织,此丝帛所织官袍穿着时间稍久,用力处则织隙见稀,织孔变大。反之,则织隙见密,织孔变小。两年前,观两位大人皆身材顺直,相貌魁俊,且崔大人官袍织隙稀处正在双肩,与身材相合;但丘大人织隙稀疏处却在背部,似与身材相背。细细想来,个中道理自然明白:两位大人久居官场,那崔大人见了上司,定是腰直背正,不卑躬屈膝,故官袍织隙自与身材相合;而丘大人定是在上司面前躬身久了,才致官袍织隙与身材难合。而两位大人的上司徐州州台何大人乃当朝刚正不阿之贤臣,如何见得躬身献谄之人?况老朽对两位大人的政绩也听得一二,知崔大人政善德廉,深得民爱,而丘大人则专在迎上方面动脑,而勤政抚民尚嫌不足。如此说来,在那何大人眼中,两位谁迁谁贬,岂不是预料之中的事吗?"

听到此处,丘贵茫然问道:"那您又是如何知道两年即有结果呢?"

乾真呵呵一笑道:"这个更容易,朝廷每隔三年都要进行一次布政司察访,考察官吏政绩,以定升迁谪贬,今年不正是第三年吗?"

听罢乾真之言,那丘贵不禁感慨万千。乾真接着说:"丘大人能有此悟,当属不易。老朽以为只要勤勉为人,仍将会有正果,故望大人修身养德,好自为之。老朽这里就先行告辞了。"

说罢,乾真冲崔骏和丘贵一拱手,翻身跨上驴背,扬长而去,消失在大路尽头……

(张利民)

哲学先生评曰:

这个故事看似宣扬未卜先知的神算子一类人物,而其实却现实到极点。乾真先生通过细观官袍,掌握了两位县令性格和品质的内情;又事先知道了他们两人的政绩以及他们上司的品性,所以预测未来的事情便大致不差了。古人云:"月晕而风,础润而雨。"就是说的万事万物都有先兆。乾真的本事,正在善于掌握先兆这一点上。

牛经理忘了春天

　　宏达商厦坐落在吉安市的繁华地段,八层高的楼体,钢蓝色的玻璃幕墙,宽敞明亮的购物环境,上下方便的滚动式电梯,这一切都像磁铁般地吸引了顾客。商厦开业不到两年,由于经营有方,日营业额已由最初的五十多万元上升到八十多万元,把个牛经理喜得合不拢嘴。他心里暗忖:看来日营业额突破一百万是不成问题啰。

　　可事情偏偏就不尽如人意。过了正月,进入三月,商厦的营业额出现滑坡,由八十多万元降到七十多万元,整整跌了十多万啊!

　　牛经理心急火燎地召集部门经理了解情况。部门经理普遍反映,现在顾客进商厦后,不像原来那么慢条斯理、不厌其烦地挑选商品,而是翻弄几下,或是瞟上几眼,转身就走。

牛经理听了感到惊奇:是不是顾客对商品没了兴趣呢? 部门经理们十分自信地说:商厦结合季节进货绝对时新。要不,是服务方面出了问题? 大家异口同声地回答:自从推行五十句"服务忌语",这方面不会出问题。邪了! 牛经理丈二和尚摸不着头脑。

第二天上午十点,正是顾客光顾的高峰期,牛经理接连走了几个楼面,看到服装部、鞋帽部、五金部、玩具部的男女服务员们,个个笑容可掬,礼仪得体,可是不少顾客都是走马观花地东看看、西转转,稳住身子静心购物的不多。

牛经理看着、想着,突然一拍脑门:对,问题的根子肯定在购物环境缺少变化上。牛经理转身回到办公室,操起电话叫来办公室主任小刘,让他通知各部门经理,今晚下班后全体员工义务加班,重新设计商品的陈列样式。下班以后,职工一直忙碌到午夜一点,当然,牛经理也请大家吃了夜宵。

第二天清晨,牛经理满楼一转,商厦整个大变样,不禁陶醉了起来:不要多久,营业额准会重新上升!

几天后,牛经理公出,等他从另一个城市飞回吉安,赶到商厦,已是黄昏时分。办公室主任小刘正要回家,和牛经理撞了个正着。

牛经理迫不及待地问:"情况怎么样?"小刘一脸苦相:"营业额继续滑坡。"牛经理瞪大了眼睛,好像是在听一个天方夜谭:"这怎么可能呢?"

在商厦旁边的扎啤店,小刘叫了两杯啤酒,让牛经理解解乏,然后向他提了一个建议:是否召开一个顾客座谈会? 牛经理想了想,点头答应了。

两天后的早晨,商厦一开门,小刘就在门口守候,盯着那些进去一会儿就返身出来的顾客,找了七位,把他们请进了牛经理的办公室。

　　这七位顾客,小刘是有选择的:有两位小姐,一位中年知识分子,两位经理模样的中年人,一位小商贩和一位老农。

　　在牛经理宽敞的办公室里,顾客们团团围坐,棕色的玻璃钢茶几上摆满了新鲜水果和矿泉水。小刘在开场白里说明了座谈的主题:"今天邀请各位,只想请大家给我们商厦提出宝贵意见——我们商厦是不是哪点不周到,为什么各位进来之后就又匆匆忙忙走掉呢?"

　　一位小姐抢先开了口:"我们想买几斤美国蛇苹果,就是二十五元一个的那种,可没买到。过去,一楼自选水果专柜有好多进口水果,现在专柜不知为啥撤了,我想这会失去很多顾客的。"说完,她四下环顾,想找赞同者。

　　牛经理听罢,十分失望,心想:前一阵经销进口水果,其实是迎合了一些顾客的盲目消费心理,而现在,顾客消费心理日趋正常,继续经销,得不偿失。我老牛下决心撤了进口水果专柜,其实是明智之举。失望归失望,他还是耐住性子,继续听取后面的发言。

　　第二个发言的是那个中年知识分子,他声音很高,显然是有些激动:"做买卖要讲信誉,遵守承诺。我今天来感到很失望,你们商厦过去广告中说过,同样商品,这里价格最低,但我今天看中的一件休闲装,价格明显高于其他商场。长此以往,商厦怎么能不失去顾客呢?"

　　小刘请他具体说说那件衣服的摆放位置和款式,牛经理一听,心里就有数了:那件休闲装的款式虽与其他商厦一样,但面料质地和做工不同。看来,有必要让营业员对时新商品作详细介绍,否则,真会引起误会呢。这倒是个问题,牛经理便摊开小本本记下了这条。

　　两位经理模样的中年人没说出什么,大概是无事出来走走,觉得哪儿都不称心;小商贩是忙里抽闲逛逛,又怕时间长了摊子出毛病。牛经理抬眼看看小刘,意思很明白:这会,没劲,失败了。小刘垂头丧气不吱声。

没有开口的,只剩下那个老农。牛经理瞭了一眼,发现他面前的一瓶矿泉水差不多见底了,便微微皱了皱眉,说:"老先生,您谈谈高见。"

老农好像是早就想说了,他抹抹额头和嘴巴,说:"经理,我说得不一定准啊。"牛经理宽厚地笑笑:"没关系,请尽管说。"

老农清了清嗓子,说:"依我看,大伙在你这店里待不住,关键一条,就是空调开得太足,楼里太热。今年打春早,外面地气上升,楼里还一个劲地加温,谁受得了,哪有心思买东西,不跑才怪呢!"

老农的话一股脑儿倒了出来,牛经理坐在那里静静地听着,起初,简直是像听个童话,后来才醒过神来。事情就这么简单?他一动不动,脑袋有些眩晕,也不知道小刘何时送走了七位顾客。好久,牛经理才从休闲椅里慢慢地站起身,走向窗前,愧疚之情涌上心头:老牛啊老牛,你还算是多年的商业标兵呢! 天天喊顾客是上帝,可你真把顾客当上帝了吗?

牛经理推开封闭良好的铝合金窗,清风徐来,一只淡黄色的蝴蝶翩翩飞过,好像在追赶着什么。哦,春天来了,牛经理觉得浑身一阵燥热。他叫来了小刘,说:"明早开个全体职工会,我有几句心里话要跟大家说一说。"

(杨守玉)

哲学先生评曰:

专业研究人员往往害怕别人说自己的研究项目浅,便将其搞得深不可测,于是许多学问被越弄越玄。这渐渐变成了一种思维习惯:凡事往复杂处想,只怕自己比别人浅些。牛经理虽不是研究人员，却也犯了这样的毛病，直到知道顾客锐减是因空调开得太热，他还不敢相信。其实世事有复杂的，也有简单的；有些复杂是人为的，也有些是因我们一时对此还缺乏认识能力，真正认识后，复杂的也变得简单了。说到底，许多研究成果，都还得经过实践的检验。实践是医治"玄学病"的最好老师。

因 人 制 宜

因人制宜，启发疏导；
因材施教，卓有成效。

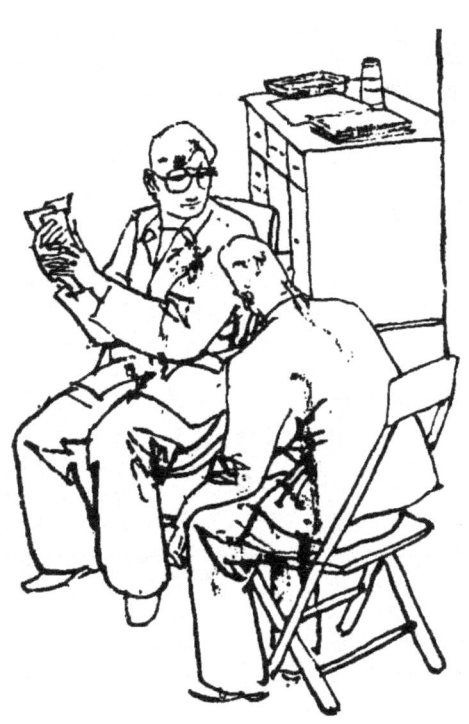

少林寺僧

少林寺在河南登封县少室山北麓五乳峰下，是佛教禅宗和少林派拳术的发源地。北魏孝文帝太和十九年所建，唐、宋以后，僧徒常习武艺，形成拳术的一派，世称少林派。到了清朝咸丰年间，想来少林寺拜师学武的俗家弟子就更多了。

少林寺僧当然很高兴让少林派武艺发扬光大、闻名天下，于是立了这样的寺规：想来学本领的，先得交一笔钱，即可拜一武僧为师，师徒俩的吃饭穿衣日常花销，都从这笔费用中开支；一旦武艺学成之后，必须从寺院的中门走出去——中门设有各式各样的木偶僧，人一走近触动机关，木偶僧即会使出少林派的各路拳法及杖法来。如果能打败这些木偶僧且自身没有受伤、顺利走出中门的，师父就在大门外摆酒为之饯行，而且把原来投师所交的钱全部归还,从此以后,就可以天下无敌了;如果对付不了中门的木偶僧败下阵来,就说明武艺不精,仍然得回头再学。有的人好多年也没有学成本领,不敢从中门走出去,趁夜深人静偷偷翻墙逃走,那么,交的钱自然就不能拿回去了。

一天,有一个盲人来少林寺学艺,胖和尚收他为徒。胖和尚仔细瞧瞧这盲人的眼睛,发现他有瞳孔,只可惜眼球上蒙了一层翳。于是拿出五百青铜钱,"刷刷刷"随手抛撒在五乳峰山上山下,然后让这个盲人去寻找,对他说:"等你什么时候把这五百个青铜钱都找到了,我再给你传授武艺吧!"

把这散落在山上山下的五百枚铜钱一一找到,不要说对盲人,即使对明眼人来说,也是不容易办到的。开始,盲人一枚铜钱也找不到,心急如焚也无可奈何。

天长日久,盲人尽管依然毫无收获,但对山上山下的情况却烂熟于心。有一天,居然摸到一枚铜钱,他高兴得跳了起来。后来,他连连找到好几枚铜钱,于是信心大增,每天除过吃两顿饭外,就在山上山下转悠,或多或少都有所得,如此习以为常。

就这样两眼模糊地摸索了一年多,竟然累计已找到四百九十九枚青铜钱,还剩一枚怎么也找不到了。

正当他感到毫无希望时,一天下午,他坐在山顶一块石头上歇息,手无意中触摸到石缝间有一枚青铜钱,正是他苦苦寻找的最后一枚!他高兴得发了狂,两股热泪奔涌而出,突然,使人晕眩的亮光在他眼前闪烁。他揉了揉眼睛,竟然能看见东西了!他看见了山上山下树木的青翠和花草的娇艳,看见了五乳峰峰巅气流袅袅升腾的柔姿,而且也看见了站在不远处他师父胖和尚笑吟吟的神情……

不用说,后来,这个双眼复明的盲人跟着胖和尚学成了诸般武艺。

某年,又有个患佝偻病两腿行走不便的人,带着钱来少林寺学艺,拜葫芦僧为师。

葫芦僧命小和尚拾来一筐石子,放在患佝偻病者的身旁。葫芦僧在山坡上画了个大圆圈,让他把筐里的石子一一投在大圆圈里。起初,佝偻者投不中目标,慢慢地,投进圈内的石子越来越多,臂力也逐渐增强,后来练得能将每一个石子都准确无误地投进大圆圈内。

接着,葫芦僧又给他画小圆圈,继续让他练投石子。圈越画越小,佝偻者投石子的本领也越来越高。于是,葫芦僧又让他用石击天上飞的鸟儿,直到能够百发百中之后,逐渐把石子换小,小得像芥菜籽那般大,不仅要用这样小的石粒击落飞鸟,而且必须击中鸟的某个特定部位才算数。

后来,不论前后左右,只要在视野以内的飞鸟,佝偻者都能随心所欲地发石击落。至此,葫芦僧才对他的门徒佝偻者说:"你的技艺已精,可以出师了。"

佝偻者离开少林寺后,以护水镖为业,每逢押运贵重物品时,他经常坐在船头,身旁放一筐石子。江洋大盗很畏惧他的绝技,都不敢冒犯他押运的船只。当然,他轻易也不以石伤人。

(李雨河)

哲学先生评曰:

胖和尚与葫芦僧的高明之处,是懂得因人而异,不搞统一的教材教法。遇到盲人,就让他到山野找铜钱,使他即便没有视力也能胜过常人;对佝偻者,则让他学投击,以便不必追逃冲杀也能有用武之地。同时又注重循序渐进,在长期的行动中自然地培养过人的功力。相比之下,现代的学校有时反倒不明白因人而异的道理,眼中往往只有统一的进度,没有具体的人物(学生)。用哲学的语言说,这也是一种"异化"。

五先生动戒板

　　梧县县城有爿百年老号的大中药铺子,叫"济仁堂"。济仁堂的店主姓顾,因排行第五,平日里大家就只称他五先生。

　　五先生为人极和善,他把济仁堂店号的名声看得比自家性命还重,他立的店规极严,哪个店员品行不端,立即辞退。即便有一点小过错,也须让犯错者取下店堂墙上挂的戒板,自责三板才罢。

　　那年济仁堂有个才进店的小学徒,姓吴,店里人只喊他小倌。小倌白天打杂,夜晚搬了铺盖摊在店堂里守夜,有病家敲门买药,就赶紧叫起轮班的店倌,给人家撮药。

　　这一晚,店堂里的自鸣钟"当当"敲过九下,小倌被大街上卖宵夜的店摊吆喝声吸引,那诱人的香气钻进店堂,撩得小倌直咽口水。

孩子家动不得心,心一动魂灵就飞到街上的摊子上去了,可一摸口袋,瘪塌塌的没半个儿。小倌懊丧地跺一跺脚,脚后跟蹬在钱柜子上,只听得"唏唰唰"一阵钱响声。

原来旧时的店铺,每日到打烊盘账,把那银元毫洋或者钞票都包扎定,解进钱庄去。而一些零碎铜板、铜钿就扔在钱柜子里,十天半月才打开一次,钱柜的钥匙当然在老板腰间。

小倌听这"唏唰唰"的响声,心忽一跳,一双眼睛眨也不眨地盯着钱柜子看着,一阵耳跳心热,不知怎么一下跳出一个念头。

只见他支起耳朵,听听里屋没点儿声响,就踮了脚尖走出店堂,凑着缝往外看了一会,没人,急忙回转身,顺手在过道上的煎药罐子边捡了一把火箸,来到钱柜旁边,把火箸往钱柜锁孔里伸了伸。这钱柜子的锁孔寸把来长,五分来宽,正巧容得火箸进去。小倌夹一夹,呵!竟十分容易地撩上来一个铜板。

小倌心里一阵狂喜,急忙把铜板藏进了衣兜里,又接着撩,不一会竟撩了一二十个铜板,小倌摸摸鼓鼓的袋儿,自个儿得意地笑了。

"嗯哼!"店堂里忽然间一声轻咳声,小倌吓得一哆嗦,手里那把火箸"啪"一下掉到了地上。扭转头看,五先生已经踱近了店堂。

顿时,小倌灵魂出窍,僵住了。

五先生没事儿似的走近小倌,不轻不重地问了几句话,然后随意问:"谁毛手毛脚地把火箸丢在这里了?"俯身拾了起来,转身慢慢走到过道上,把火箸放好,朝小倌说一声,"天不早了,睡了罢。"便走进里屋去了。

店堂里,小倌还腿棒儿颤颤地站着,他吓出了一身冷汗。

第二天一大早,小倌志忑不安地吃了早饭,便和大家一块准备卸店门板。

"诸位少待!"抬眼,是五先生,端端正正站在店堂里。

五先生今天穿得特别,头戴嵌玉瓜皮小帽,身着暗紫团花长衫,足蹬一双簇新的黑圆口布鞋,平时一团和气的面孔今天不见半丝笑容。

大伙都一怔,不知发生了什么事,小倌心里怀了鬼胎,一见五先生这神态,缩着脖子直往后挪。

五先生朝大伙一拱手,不紧不慢地说:"各位,济仁堂上赖祖德,下承蒙各位协力,为了百年老店的金字招牌,我不得不动一下戒板,处置一件事,以儆后者!"

济仁堂店堂里静得针掉到地上都听得见声响,店员们脸上又惊又疑。

小倌一张脸吓得煞煞白,浑身筛糠似的发抖。

五先生并不言语,上前一步,把中堂底下那紫檀长桌上的一个蓝布兜打了开来:一把火箸。

五先生轻喝一声:"小倌,拿墙上的戒板来!"

吓懵了的小倌哪还敢动,吓得哭出声来:"五爷,我……"

五先生瞥一眼小倌,自个取下墙上的戒板,回身过来,对着火箸,"呼"一下高高地扬起戒板来,喝道:"尔个火箸,职司灶膛,擅闯店堂,心存邪念,行举不端——今念尔初犯,戒尔三板——着!""啪"重重一声响,蓝布兜里的那把火箸像负了剧痛似地猛一跳再落下。

"啪!"

"啪!"

又是两下,五先生放下戒板,沉默了一会,朝大家挥一挥手,说:"开店门罢……"

小倌失魂落魄地站着,五先生摸摸他的脑袋,和颜悦色地说:"干活去吧……"

这一天夜晚,五先生又踏进店堂,看小倌埋头读着《汤头歌诀》，便平平和和闲话几句，半点没提发生的事。

　　直到临离开时，五先生才语重心长地说："小倌，你才开始做人，听五爷一句话，紧要关头自己得拿得定主见呵，有些事一失足便成千古恨，千万千万慎之！"

（徐自谷）

哲学先生评曰：

　　五先生见小倌偷钱竟不动声色，第二天只打火箸而不打人，他所用的都是暗示法，其好处是不过于伤人的自尊心，让人自己去思过并悔改。有时把事讲穿确不如不讲穿来得好，除因为前者易将人逼上梁山，更在于后者能调动当事人自己的主观能动性，让他在自行思考中得出最后的结论。这样的结论往往是终身难忘的——说到底，一生的为人终究是自己选择的，别人的逼迫取代不了自己的思索。

摇钱树

　　有一个木匠,四十多岁才生了个儿子,夫妻俩百般宠爱。儿子十八岁了,还肩不能挑、手不能提,一天到晚游游荡荡、吃吃喝喝。

　　木匠年纪大了,已抡不动斧头、推不动刨了,一日,把儿子叫到跟前,说:"我老了,屋里没有留下万贯家财,你又不肯学手艺,日后怎么生活呢? 唉! 看来我只有把祖传宝贝摇钱树留给你了,它会给你带来金银财宝。不过你想得到它,必须拿你自己挣的一百个铜板来换。"

　　儿子很想得到摇钱树,可这一百个铜板又到何处去拿呢? 他日思夜想,一连三天吃不下饭、睡不好觉。

　　娘见儿子这个样子,就偷偷地对儿子说:"儿啊! 你别愁,娘给你一百个铜板吧!"

儿子得了一百个铜板后,欢天喜地地到外面玩了一天,晚上便把这一百个铜板交给了老木匠。

老木匠用手掂了掂,皱起了眉头,说:"这一百个铜板不是你自己的。"说完,走出大门,随手把铜板丢进门前那条河里去了。

这铜板反正是娘给的,丢了也没啥,只是没有得到摇钱树,儿子心里好懊恼,一天到晚背着手、低着头,在门前走来走去地想办法。

娘心疼儿子,便又给了他一百个铜板。

儿子接过铜板又到外面玩了一天。为了使老木匠相信这是自己赚来的,还没进村就拼命跑了起来,跑到家里已是上气不接下气了。

儿子掏出铜板交给老木匠,老木匠仍是用手掂了掂,走出大门,把铜板丢进了井里。

儿子心里猜不透老木匠怎么知道这回又不是自己挣的铜板呢?他更是发愁了。想来想去也想不出好办法来。

他娘叹口气,说:"儿啊!看来骗过你父亲是很难的。你想得到摇钱树,只有出去想办法自己挣一百个铜板来。我给你准备点干粮,你去碰碰运气吧!"

没办法,儿子只得拿了干粮上路。

走了一天,干粮吃光了,铜板却没有赚到一个。好在天不冷,当晚和衣在凉亭宿了一夜,第二天饿着肚子继续走。

中午,儿子来到江边码头,只见许多人正在背木料,完工以后,便都坐到阴凉的地方拿干粮吃。儿子这才感到自己肚子饿了,他尝到了看别人吃饭的苦味,没办法,只好厚厚脸皮向这班人讨吃的。

他们说:"这么大的小伙子还愁没饭吃?下午跟我们一起卸木料吧,一天三餐吃过,再给你十个铜板。"

　　儿子一听高兴极了,当天下午就跟这班人干了起来。哪知半天下来累得他腰酸背痛,肩胛肿得像馒头,全身骨头好像拆散了一样。

　　第二天,儿子真想不干了,自出娘胎,哪里出过这样的力气,吃过这么大的苦头?可又一想:不干得不到铜板,没有铜板就得不到摇钱树。只好咬咬牙又撑着干了一天。

　　这一天的滋味更够他受的了,收工以后晚饭没吃就倒在地铺上了。那个领班见了,给他买来了晚饭,送来了两天的工钱二十个铜板。

　　儿子眼中一亮,这二十个铜板使他看到了希望。他想:只要十天就能得到一百个铜板,有一百个铜板我就能得到摇钱树了。于是第三天,他又很高兴地干了一天。哪知三天下来,身体反而没有前两天那样吃力了,腰、背、肩的疼痛也好了不少。

　　一连十天过去了,儿子脸也黑了,对卸木料这力气活也适应了,铜板也不多不少挣了整整一百个。他捧着用自己汗水换来的铜板,心里感到甜滋滋的。他又干了一天,作为路费,一大早就回家来了。

　　回到家时,他娘正在烧饭,看到儿子虽瘦了不少,总算好好的回来了,也就安心了,就不知他是否赚到一百个铜板。还没来得及问,儿子就从怀里掏出一百个铜板,双手交给了老木匠。

　　老木匠接过铜板,望着儿子黑瘦的面孔和一副疲劳的样子,用手掂了掂,说:"这一百个铜板啊,还不是你自己的。"说罢,随手把它丢进了正在烧饭的灶洞中。

　　儿子见了,"啊"地一声猛扑过去,也不顾灶洞中烧着的柴火,一面伸手进去抢铜板,一面哭着说:"这一百个铜板是我辛辛苦苦背了十天木料、不知流了多少汗、肩上掉了几层皮才得来的,怎么还说不是我自己的?"

　　老木匠见儿子不顾一切地去抢铜板,不觉哈哈大笑起来:

"只有用自己汗水换来的铜板,才知心疼啊!"说罢搬出箱子,打开来,放在儿子面前。

儿子一看,这哪里是摇钱树,原来是一套木匠用的工具。

儿子疑惑不解地望着老木匠,老木匠指着木匠工具说:"你用自己的双手掌握了这些工具,你这双手不就是最好的摇钱树吗?"

儿子恍然大悟,从此虚心跟父亲学手艺,终于成了一代名匠。

(韩诸耀)

哲学先生评曰:

世上百物,有本有末。父辈所要传诸子孙的,往往是自认为最好的,但恰恰舍本逐末者为多。钱财、官位、权势、关系网……不一而足。然而自古至今,莫说这一切,就是皇位,传到后人手中,又有几个保得住的? 所以最可靠的,还是教会子孙自己创业和活命的本领,使他们有独立而高尚的人格;除此之外,全可让他们自己去创建——建成建不成,那是他们的事,每一代人都会有自己的道理。由此观之,这老木匠倒是位深知本末之别的高人了。